A.M. BROOKS

MARCAS DO PASSADO

Traduzido por Allan Hilário

1ª Edição

2021

Direção Editorial: Anastacia Cabo
Gerente Editorial: Solange Arten
Arte de Capa: Bianca Santana

Tradução: Allan Hilário
Revisão final: Equipe The Gift Box
Diagramação e preparação de texto: Carol Dias

Copyright © A.M. Brooks, 2021
Copyright © The Gift Box, 2021

Todos os direitos reservados.
Nenhuma parte do conteúdo desse livro poderá ser reproduzida em qualquer meio ou forma – impresso, digital, áudio ou visual – sem a expressa autorização da editora sob penas criminais e ações civis.
Esta é uma obra de ficção. Nomes, personagens, lugares e acontecimentos descritos são produtos da imaginação da autora. Qualquer semelhança com nomes, datas ou acontecimentos reais é mera coincidência.

Este livro segue as regras da Nova Ortografia da Língua Portuguesa.

CIP-BRASIL. CATALOGAÇÃO NA PUBLICAÇÃO
SINDICATO NACIONAL DOS EDITORES DE LIVROS, RJ
Camila Donis Hartmann - Bibliotecária - CRB-7/6472

B888s

Brooks, A. M.
  Scar : marcas do passado / AM Brooks ; tradução Allan Hilário. - 1. ed. - Rio de Janeiro : The Gift Box, 2021.
  172 p.

Tradução de: Scar
ISBN 978-65-5636-098-0

1. Ficção americana. I. Hilário, Allan. II. Título.

21-72470
            CDD: 813
            CDU: 82-3(73)

GLOSSÁRIO DE MOTOCROSS

Chunder: sujeira solta, aleatória, às vezes volumosa.

Hardpack: superfície do trilho feita de sujeira compacta e seca. Geralmente escorregadia.

Salto duplo: dois saltos separados próximos um do outro com um vão entre eles (o piloto voa sobre o vão).

Tabletop: um salto com um curto pulo entre a decolagem e o pouso. Pode ser um salto ou rolamento feito com segurança. É uma técnica também conhecida por ser feita com a moto no ar.

Braap: pode ser usado para descrever o momento em que você dá tudo de si. Você pode usar esse termo em praticamente qualquer situação. Vem do belo som que um motor de dois tempos faz enquanto o piloto rapidamente. Braaaap!

Can-Can: Quando um piloto move uma de suas pernas sobre o tanque de combustível para o lado oposto da moto enquanto está no ar. O piloto deve colocar sua perna na posição normal de pilotagem a tempo para o pouso. Em um Can-Can sem pés, ambas as pernas são estendidas para longe da moto.

MX: Abreviação de Motocross.

Corrida de 24 horas: uma corrida que ocorre ao longo de 24 horas.

Bar-hops: Enquanto estiver no ar, o piloto mantém as duas mãos nas empunhaduras e estende as pernas diretamente entre os braços e sobre o guidão.

Clickers: enquanto estiver no ar, se posiciona a motocicleta horizontalmente ao mesmo tempo em que traz a parte de trás da moto para frente.

Linha: o caminho ou percurso decidido pelo qual se deseja percorrer uma seção. Você está sempre procurando o mais rápido ou, em alguns casos, o mais seguro.

Holeshot: significa que você alcançou a primeira curva na liderança.

Argila: O material dos sonhos do qual a sujeira de algumas motos é feita. É um solo perfeitamente aerado conhecido por sua consistência fofa, geralmente feito de mistura de areia / *clay*.

Nac Nac: Uma manobra executada durante o vôo em que ambas as pernas são posicionadas no mesmo lado da moto e uma se estende para fora dela.

"Ela venceu seus demônios e vestiu suas cicatrizes como se fossem asas".

- Atticus.

PRÓLOGO

ERA UMA VEZ...

SCARLET

15 anos de idade.

Você já olhou nos olhos de um homem momentos antes dele morrer? Sua garganta engolindo em seco, a saliva secando, fazendo com que sua boca tentasse produzir mais. Seus lábios se abrem, geralmente para implorar, às vezes por surpresa, mas, na maioria dos casos, é para amaldiçoar. As narinas parecem que vão estourar e sua respiração se acelera antes de se tornar superficial. A luz se esvai de seus orbes brilhantes. Suas pupilas vão dilatando como se fossem atraídas pelo perigo que está à sua frente. Atraídas por mim.

— Você não pode estar falando sério, Raul! — o homem grita com meu pai, embora seus olhos nunca deixem os meus.

Mantenho minha posição, os pés cimentados no chão, os braços travados na minha frente com um aperto seguro na 9 mm em minhas mãos. Há um silenciador no final, mas, vamos ser honestos, pelo jeito que esse cara está gritando, alguém já deve tê-lo ouvido agora. Uma pequena parte de mim ora, ora para que meu pai olhe para mim. Que ele veja o pavor em meus olhos e a palidez em meu rosto. Eu tenho quinze anos. Eu não deveria estar na frente de um homem, fazendo-o se curvar de joelhos, apenas para virar a arma para sua cabeça no final. Esta não deveria ser minha vida.

O único problema é que meu pai não se dá ao trabalho de olhar para mim.

Ele mantém seus olhos negros e brilhantes no homem ajoelhado no chão. Nem sei o seu nome. Em um minuto eu estava em um restaurante esperando meu pai e no seguinte um saco foi jogado na minha cabeça, e fui levada a um armazém vazio.

— Solomon, você não pode estar tão surpreso? — meu pai o provoca. Um sorriso sádico desliza em seus lábios avermelhados enquanto seus braços se afastam do corpo, seu paletó se apertando com o movimento. — Você rouba de mim, eu tiro de você, simples assim.

— Eu não roubei nada — argumenta o homem, intensamente.

Um brilho de suor cobre sua pele, escorrendo pela frente de sua camisa de botões com babados, criando uma mancha. Ele parece um advogado, ou talvez um contador; só que eu sei que meu pai geralmente não mantém contato regular com homens em negócios legítimos, então ele provavelmente é um criminoso também.

Meus olhos deslizam sobre ele, parando na aliança de ouro em seu dedo anelar. Meu dedo oscila sobre o gatilho. O homem, Solomon, deve ver algo passar pelo meu rosto, porque de repente olha com escárnio na minha direção, cuspindo nos meus sapatos.

— Eu não faria isso se fosse você. — Meu pai ergue a sobrancelha e estala a língua. — Ela sabe como manusear uma arma desde os sete anos. Nunca erra o alvo.

A pele de Solomon fica pálida. Eu me concentro em respirar, inspirando, empurrando o ar para fora para acalmar o zumbido em meus ouvidos. Minha pele formiga e dança de nervosismo. Sim, meu pai me ensinou a segurar uma arma quando eu tinha sete anos. Por muito tempo, estive sob seu treinamento estrito nas habilidades de armamento. Aprendi a atirar aos onze anos. Quando eu era mais jovem, esperava que fosse sua maneira de tentar se relacionar comigo, então nunca disse a ninguém. Nem meus amigos, nem meus professores, nem mesmo aos outros membros da minha família. Eu me empenhei até que a minha mira fosse perfeita e nunca vacilasse.

— Últimas palavras? — meu pai pergunta, embora suas palavras sejam condescendentes.

— Eu nunca soube que você era o tipo de homem que deixa a pequena vadia que chama de filha fazer o trabalho sujo por ele. — A voz de Solomon está indignada, como se ele não pudesse acreditar que sua vida estava pendurada em minhas mãos.

Eu também não consigo acreditar. Estou silenciosamente esperando que isso seja uma piada ou apenas mais uma maneira de meu pai testar minha lealdade a ele. Não há nenhum jeito do meu pai realmente me fazer matar alguém... não é? Eu nem gosto quando os esquilos ficam no caminho dos meus alvos em casa. Meu polegar coça para acionar a trava de segurança e pagar seu blefe. Claro, sei que meu pai é um criminoso. Sei que ele tem raízes profundas no cartel mexicano. Ele também foi a única figura parental em minha vida desde que eu tinha três anos de idade. Até certo ponto, eu gostava de acreditar que ele era um bom homem. Dizia-se que ele costumava banhar a minha mãe com joias, sedas e levá-la em viagens. Todos comentam que ele a tratava como uma rainha, dentro e fora dos olhos do público. Isso foi antes de ela falecer. Desde então, tenho ouvido fofocas, escutado conversas privadas por de trás das portas e espionado festas o suficiente para saber que Raul não é um homem a ser contrariado. Ele pode ter sido gentil com minha mãe, mas isso foi há anos. O passado também não explica por que estou aqui agora, nesta posição, decidindo o destino de outra pessoa.

— Você quer dizer a mesma filha da puta que você achou bonita o suficiente para fazer uma oferta? Então ela é boa o suficiente para foder, mas não para matá-lo? — Meu pai ri. Meu estômago afunda. Não estou gostando desse Solomon cada vez mais, mas ainda não quero matá-lo. — Puxe o gatilho, *mi hija*.

— *Papa*.

Balanço a cabeça; eu não posso fazer isso. Não quero ser uma assassina. Meus olhos se voltam para os outros homens contratados na sala. Nenhum deles encontra meu olhar; eles mantêm seus rostos virados, me ignorando. Mesmo Jerrett — que gosto de pensar como meu amigo, principalmente porque ele tem dezenove anos, é mais próximo da minha idade e também ajuda no meu treinamento — mantém os olhos firmemente fixos em meu pai.

— Faça isso — meu pai repete, aproximando-se de mim até que eu possa sentir o cheiro de sua colônia italiana e a essência persistente de fumaça de charuto. Eu engasgo, minha boca tentando engolir a seco. — Você vai fazer isso agora, *mija*.

Meus olhos se erguem e se chocam com os dele. Suas íris já escuras estão observando cada movimento meu. Não sei o que fiz para merecer isso. Como se sentisse minha hesitação, ele veio para ficar bem ao meu lado, seu peito roçando nos meus braços estendidos.

— Ele não é um bom homem. Ele roubou de mim e queria comprar o seu corpo.

— Ele é casado. — Balanço a cabeça em negação.

Meu pai zomba.

— Você acha que uma esposa e filhos são importantes para homens como ele? *Dios mio*. Ele é um traficante de armas. Vende armas ilegais para crianças nas ruas que lutam contra mim. Ele é uma ameaça para nossa família. *Dispara sin dudar, vuélale los sesos si se mueve.*

Atire sem medo. Direto entre os olhos, se ele se mover.

— Proteja nossa família — pede novamente.

Mas quem vai me proteger?

— Por favor. — O gemido escapa dos meus lábios sem querer. Os olhos de Solomon brilham perversamente. Ele pode ver que eu não sou uma assassina. Não há sangue em minhas mãos.

A cabeça de meu pai vira de mim para ele, um rosnado torcendo seus lábios.

— FAÇA. ISTO. AGORA! Você vai fazer isso e provar sua lealdade a esta família! — A saliva voa contra minha bochecha com cada palavra raivosa que ele grita na minha cara. Minhas pernas tremem, meu coração dispara e minha mente percorre todas as possibilidades de como posso sair dessa. Ele não me mataria, não é?

— Agora, Scarlet. Ele é um monstro. Alicia crianças. Roubou dinheiro de nós. Se você vai fazer parte do meu legado, vai puxar a porra do gatilho. — Meu pai se inclina sobre mim, seus lábios sussurrando contra a minha orelha: — Não seja fraca como sua mãe. — Eu recuo em resposta. — Ela não era capaz de lidar com esta vida. Você, *mijita*, pode se juntar a mim ou se juntar à sua mãe.

Solomon deve ter lido o medo nas minhas expressões faciais porque estava fora de si, vindo em minha direção. Depois disso, tudo acontece em câmera lenta. Percebo que sou a única garota nesta sala. Eles pensam que sou fraca, e em comparação com a massa corporal deles, eu sou. Meu pai, aparentemente me sacrificaria por minha fraqueza, enquanto Solomon vê minha bondade como uma forma de virar a mesa a seu favor. Ele também me quer morta. Eu quero viver. Quero sobreviver e esse é o último pensamento que passa pela minha cabeça antes de meu dedo apertar o gatilho. Meus braços sacodem com o retrocesso e aperto novamente e novamente até que a câmara se abre.

— Solte, Lettie — Jerrett diz, sua voz baixa e calma, como se ele estivesse acalmando uma criança pequena. Sua mão se fecha sobre a minha e a outra repousa no cilindro.

Uma batida lenta começa ao meu lado, ficando mais intensa, seguida por um assobio agudo.

— Eu sabia que você tinha isso em você, *mija*. Acho que você é minha filha mesmo, afinal.

Viro a cabeça e fico enojada quando vejo o brilho de orgulho refletido nos olhos do meu pai. A coisa mais próxima de um sorriso que sua boca já fez, puxando seus lábios. Lentamente olho ao redor da sala e enxergo o mesmo orgulho e aceitação de suas habituais mãos de obra contratadas. Lágrimas queimam atrás dos meus olhos e eu olho para o chão. Grande erro. O corpo de Solomon está deitado de bruços em uma poça de seu próprio sangue. O tecido de sua jaqueta está estourado e tufos de tecido rosados estão espalhados por toda a sala. Meu estômago se revira e luto para não vomitar. Minhas mãos tremem. Eu as coloco na frente do rosto, apenas para ver sangue seco espalhado por elas.

— O que eu fiz? — sussurro. Apenas Jerrett me lança um olhar sob seus cílios antes de entregar a arma para meu pai.

— Ligue para o Animal — meu pai grita para um de seus rapazes. — Diga a ele que precisamos de uma limpeza e que é urgente. Jerrett e Castillo, levem Scarlet com vocês. Ela precisa se arrumar e fazer as malas.

— Fazer as malas para quê? — Eu me viro para ele, suas palavras me deixando inquieta.

— Treinamento — explica o meu pai, contraindo os lábios. — Finalmente encontrei um uso para uma filha. Solomon estava disposto a pagar muito por sua beleza. A única coisa pela qual devo agradecer a sua mãe, eu acho.

Suas palavras doem. Eu sabia que ele sempre quis um filho, mas se recusou a se casar novamente. Havia rumores de que ele era infértil após um acidente e eu não tinha acreditado até agora.

— Levem-na.

Jerrett e Castillo agarram meu braço e meio que me carregam pela bagunça sangrenta e sangue coagulado no chão. Uma vez que o ar frio da noite atinge meu rosto, finalmente respiro fundo. Meu corpo estremece e sacode enquanto minha mente finalmente se recupera. Eu matei alguém. Sou conduzida a um Lincoln todo preto, esperando nos fundos. Do lado de fora, parece caro. Só quando vejo o interior é que noto que o veículo foi construído para a guerra. Vidro inquebrável, resistente a bombas com material à prova de fogo. De uma forma doentia, sempre me senti como uma princesa subindo em um dos carros de meu pai. Protegida. Estimada. Jerrett vem atrás de mim e se senta à minha frente. Quero fingir que as últimas horas nunca aconteceram. A culpa cresce na boca do estômago e a vontade de vomitar sobe pelo fundo da garganta.

— Teria sido você se não tivesse passado no teste — diz ele, mantendo os olhos em Castillo, que está movendo as coisas no porta-malas.

— Por que? — pergunto, pela milionésima vez desde que fui arrastada para fora do restaurante.

— Raul está envelhecendo. Ele precisa de um novo truque na manga para manter as pessoas na linha.

— Eu não posso fazer isso. — Minha cabeça se apoia no assento.

— Se você não fizer, ele encontrará uma desculpa para matá-la. Mulheres, meninas, não importa. Elas são dispensáveis para ele. Você deveria ter sido um garoto.

— Como se eu pudesse ter interferido no gênero que foi escolhido para mim — eu zombo.

— Então seja o filho que ele nunca teve. Basta fazer isso embrulhada na concha que sua mãe lhe deu. — A voz de Jerrett é afiada e aquecida. Nossos olhos se conectam e, por um momento, eu vejo. Ele está com medo por mim. Ele não concorda com o que meu pai fez ou está planejando.

Antes que eu possa responder, Castillo desliza ao meu lado, quebrando a tensão no ar. Meus olhos imediatamente procuram pela janela enquanto luto para não chorar. Começamos a nos mover. Quando as rodas viram para a esquerda em vez de para a direita, percebo que não vou para casa. Não sei se voltarei para casa algum dia.

— Para onde estamos indo?

— Para o México — murmura Castillo.

Aceno com a cabeça uma vez em compreensão. Minhas entranhas ficam geladas e tudo em mim se aperta. Decido aqui tornar essa a minha missão: fazer o que for preciso para permanecer viva. Vou empurrar para baixo todos os meus sentimentos, minhas crenças, minha moral e fazer o que for preciso para fazer meu pai pagar por isso. A vida de conto de fadas que eu estava vivendo se despedaçou bem diante dos meus olhos. Não sou mais uma princesa esperando meu príncipe encantado aparecer e me salvar. Prometo a mim mesma que farei o que for preciso para provar a meu pai que não sou apenas forte o suficiente, mas inteligente o suficiente para proteger o império que ele construiu. Tenho que jogar seu jogo e, quando ele menos esperar, vou mostrar que sou a filha da puta da princesa que vai salvar a si mesma. Quando eu terminar com ele, ele saberá que nunca precisou de um filho. Vou mostrar que não sou menos porque sou mulher. Meu pai pode pensar que fez outro soldado... mas não, ele fez uma arma. Uma arma que busca vingança.

CAPÍTULO 1

DIAS ATUAIS

TRENT

Os anos que estive esperando por este momento, toda a raiva, a dor e a traição crescendo dentro de mim estavam reverberando sob minha pele enquanto eu olhava para ela. Scarlet Reyes. A garota que arrancou meu coração e o despedaçou debaixo de sua bota de motoqueira antes de desaparecer da minha vida e arruinar meu futuro se senta na cadeira bem em frente a mim. Seu antes imaculado terno branco, agora coberto de respingos de sangue seco. O rabo de cavalo puxado para trás está bagunçado, criando uma auréola de cabelo escapando ao redor de seu rosto, seus olhos queimam nos meus de onde ela está sentada na sala de interrogatório de nossa delegacia particular da Polícia de Las Vegas. Depois de seis anos, eu a tenho em meu território, sob meu domínio, sua vida e liberdade dependem de mim.

Meu parceiro, Jay McCall, e eu tínhamos planejado que seu pai, Raul Alverez, estivesse no local de encontro onde nossa equipe poderia finalmente impedir a operação que ele dirigia há décadas. A operação que ele entregou a Scarlet nos últimos anos a fim de prepará-la para tomar seu lugar. Meu primeiro encontro com Alverez ocorreu no meu último ano do ensino médio, quando ajudei meu amigo com uma operação secreta, envolvendo lotes de drogas que estavam matando estudantes nas cidades vizinhas. Eu tinha dezoito anos e estava apavorado, sabendo que essas drogas e o dinheiro sujo estavam sendo direcionados para as corridas de motocross.

McCall me pediu para fingir que estava procurando drogas antes de fazer sua prisão. Eu não sabia na época que aquele incidente iria pintar para sempre um alvo nas minhas costas até que eu pudesse finalmente eliminar a fonte. Hoje, em alguma rampa de estacionamento de um hotel em Las Vegas, Raul finalmente encontrou o fim que estava destinado a ter. E a tripulação de viciados em drogas que ele contratou também pagou com a vida por matar meu amigo Blake Palmer.

Torço a caneta em meus dedos, deixando-a bater levemente no papel, cada batida em sincronia com o pequeno tique na mandíbula de Scarlet. Eu me pergunto se ela sabe o quanto é culpada pela morte de Blake. Não se passou mais de um ano e a dor ainda está lá quando penso nele.

— Quando McCall vai voltar? — ela pergunta, sua voz aguda em irritação. Já se passaram quase seis horas de nosso silêncio compartilhado. Eu sorrio, meus olhos adorando a maneira como ela se contorce.

— Ele chegará aqui quando terminar de limpar a bagunça que você fez — respondo, recostando-me na minha cadeira e cruzando os braços sobre o meu peito.

Sua cabeça vira para o lado, e sua mandíbula aperta ainda mais forte, seu corpo ereto.

— Você não tem ideia do que está falando.

— É aí que você está errada, princesa. — Eu me inclino para frente, suas palavras me atormentando. Depois de tudo, ela ainda não consegue admitir que esteja errada ou tomar responsabilidade de todas as vidas que sua família arruinou ao longo do caminho. — Eu sei sobre cada movimento que você e seu papai querido têm feito. Cada negócio. Cada um que foi realizado com outra organização criminosa, cada pessoa inocente que perdeu a vida em suas mãos. — Eu me levanto de repente, chamando sua atenção, seu peito subindo rapidamente.

— Olhe para aquela parede. — Aponto para a outra extremidade da sala, onde várias fotos estão alinhadas. Cada uma rotulada com um nome, data de nascimento e data de morte. No centro, a imagem maior, está Blake. — Aquele cara ali era meu amigo. Ele era um dos bons. Um cara se erguendo do fundo. Teria sido um policial muito bom se não fosse por sua família e aquela merda de suposta equipe que você reuniu para lavar drogas do hotel. — Minhas mãos se fecham em punhos. Preciso de tudo que tenho dentro de mim para não me lançar sobre a mesa, envolver as mãos em torno de sua garganta delicada e pressionar seu rosto em cada uma das fotos, para que eu possa forçá-la a ver as vidas que ela não apenas arruinou, mas levou embora de seus entes queridos.

O rosto de Scarlet permanece impassível e, se eu não a conhecesse tão bem como a conheço, teria perdido o lampejo de remorso naquela profundidade negra.

— Eu preciso falar com Jay — ela me diz novamente, sua voz rouca com seu sotaque, outro sinal de que não está completamente sem emoção. Tudo deve estar enterrado bem no fundo do monstro que ela se tornou.

Meus dedos flexionam ao lado do corpo. Não quero olhar para ela. Isso faz com que minhas entranhas fiquem na mesma sala que ela, mas não posso deixar de ficar morbidamente interessado em saber se eu poderia convencê-la de fazer a minha vontade. O relógio da sala está marcando o tempo que fiquei sozinho com ela antes que McCall apareça. Minha irritação cresce sabendo que ele já tem um acordo fechado com ela.

— Trent. — Sua voz está cheia de demanda e frustração. Deve realmente ser horrível sentar-se do lado errado da mesa pela primeira vez.

Com escárnio, volto para o quadro, meus olhos conectando-se ao azul índigo na foto diante de mim, contente em ignorá-la até que possa dizer algo útil. A culpa se enterra em meu estomago quanto mais eu olho para ela, antes que a raiva borbulhe na superfície, infundindo as duas emoções até que meus pulmões se contraiam em meu peito e o vermelho turve minha visão. Blake não deveria estar morto. Eu não deveria estar aqui, e é tudo por causa de Scarlet.

Uma batida na porta ecoa na sala antes de Jay entrar e fechar a porta atrás dele. Sinto seu olhar pousar em mim brevemente.

— Reyes — ele diz. Posso ouvir o cansaço na sua voz.

— Você a trouxe de volta em segurança? — pergunto, referindo-me à sua namorada, Blaise Palmer, irmã mais nova de Blake. Ele acena com a cabeça. — Pelo menos você fez uma coisa certa hoje.

Jay suspira e fixa seu olhar no meu. Eles me dizem para calar a boca, enquanto os meus dizem para ele comer merda. Jay pode ser meu parceiro, mas também é a razão pela qual eu não posso ter o que mais quero — que Scarlet Reyes pague por tudo que ela fez. Jay se volta para Scarlet, que imediatamente relaxa agora que está aqui.

— Lamento ter que dizer a você, mas seu pai não sobreviveu a cirurgia.

— Eu não esperava que ele sobrevivesse — responde Scarlet, a frieza em sua voz chamando minha atenção de volta para ela. Seu rosto está passivo, como se a notícia da morte do bastardo não a incomodasse, ou mais como se ela estivesse aliviada.

Desdenho disso; ela provavelmente está aliviada por ele ter saído do caminho para que ela possa assumir o controle. Uma pena eu agora estar no caminho de sua ascensão ao trono.

— Isso muda as coisas — Jay avisa, sentando-se à sua frente na mesa.

— Eu diria que as coisas mudaram no minuto em que Robocop, aqui, colocou algemas em mim e eu tive que sair da garagem do meu hotel para que todos pudessem ver — relata, seu olhar intenso pousado em mim.

Estou prestes a abrir minha boca quando Jay interrompe:

— Não temos nada de concreto para segurar você. Se não quiser fazer uma declaração, está livre para ir embora, Sra. Reyes.

— Foda-se! — Eu me viro para encarar os dois, a raiva que eu estava segurando por um fio finalmente explodindo. — Foi uma prisão limpa e com muitas evidências. A menos que você queira compartilhar com o resto da turma o quanto está disposto a deixar uma traficante de drogas, de armas e uma criminosa sair daqui livre, ela fica!

Para seu crédito, Scarlet não vacila. Jay, no entanto, parece que está prestes a entrar em combustão. Eles se olham e parecem ter uma conversa inteira antes que ele se levante da cadeira e me arraste porta a fora.

— Sai fora, filho da puta! — Uso toda a minha força para empurrá-lo para trás, antes de acertar um golpe em sua mandíbula. Suspiros soam atrás de mim e a sala congela.

— Podemos não fazer isso aqui? — Jay dá um passo para trás, segurando a mandíbula com a mão enquanto a move de um lado para o outro.

— Você vai deixá-la ir — declaro. — Onde está a porra da sua lealdade, cara? E quanto a Blake? Finalmente prendo o assassino dele e você quer deixá-la ir embora, por quê? O que pode ser tão importante que você está disposto a arriscar que ela fuja?

— Mais uma vez — seu olhar dispara ao nosso redor —, podemos não fazer isso aqui? — Agarrando meu braço, ele me força a voltar para a sala.

A cabeça de Scarlet se levanta novamente, seus olhos se concentrando na marca vermelha que se forma rapidamente na bochecha de Jay. "Jay", diz ela, quase como se estivesse tentando avisá-lo.

— Você pode ir, Sra. Reyes — ele diz a ela, movendo-se para destravar as algemas antes de jogá-las na minha direção. O metal atinge meu peito e cai no chão aos meus pés. Scarlet não encontra meu olhar hostil enquanto sai disparada da sala, a porta fechando atrás de si.

— Legal — digo. — Blake ficaria muito orgulhoso.

— Cale a porra da boca! — Jay se vira em direção ao quadro, as mãos passando pelo cabelo. — Eu nem deveria estar aqui agora. Eu tenho minha mulher, que está passando por seu próprio trauma, esperando por mim, e tenho que sentar aqui e ouvir você ser um idiota que não pode seguir uma ordem. Eu disse o que iria rolar antes mesmo de voltarmos para Las Vegas!

— Você não me disse merda nenhuma! — grito, minhas mãos estendendo-se ao meu lado. — Você disse que eles estariam aqui. Disse que estávamos fazendo progresso e que o caso estava avançando!

— E está! — Jay grita de volta. — Se você pudesse parar de olhar para o próprio umbigo por dois segundos, veria o cenário completo. Precisamos que ela chegue à fonte principal, então podemos acabar com todos eles. E, quer você goste ou não, precisamos que Scarlet acabe com isso.

— Ela precisa pagar — eu o lembro, só que desta vez, eu só não quis dizer por causa de Blake. Minha vida inteira, meu futuro pegou fogo por causa dessa mulher. Ser policial, viver uma vida secreta é o que faço para sobreviver. O único trabalho que consegui depois que ela armou para mim para que eu levasse a culpa pelo fracasso de uma invasão antidrogas. Eu só saí da situação com vida porque Jay estava lá. Ambas as vezes.

Jay suspira, inclinando a cabeça para trás.

— Depois que isso acabar, você decide o que acontece. Você faz a prisão. Mas agora, ela está sob minha proteção e está trabalhando em ambos os lados enquanto vai atrás da fonte.

Quero balançar a cabeça em negação. Meus dedos já estão se fechando em punhos e sei que vão atingir o rosto de Jay ou a parede se eu não sair daqui. Preciso de ar. Preciso de paz, apenas o som dos motores e da multidão para acalmar a intensa raiva crescendo dentro de mim. Passo por Jay ao sair. Estou farto de suas merdas e mentiras. Todo mundo mente para ganhar alguma coisa por aqui, e segredos e mentiras... essa merda é o que mata as pessoas.

CAPÍTULO 2

SCARLET

Eu sabia que haveria uma retaliação após essa armação. Eu havia me preparado para perder meu pai. No final, o homem teve o que mereceu. Uma bala está sempre destinada a quem pretende controlá-la. Raul Alverez pode ter sido meu pai de sangue, mas ele também era um bastardo ganancioso e manipulador, que pensava que poderia evitar a morte e estava acima da lei. Com alguns puxões rápidos do gatilho, ele estava morto e eu estava livre. Bem, tão livre quanto posso com o acordo que fiz com Jay McCall. Um acordo que já está me destruindo por dentro.

Contra meu melhor julgamento, dirijo para fora de Vegas e sigo em direção ao deserto para enfrentar meu demônio de frente. O brilho do topo da areia se intensifica quanto mais perto da pista eu fico. Seguindo a multidão, estaciono o mais próximo possível antes de sair do carro em direção ao barulho. Jay me disse onde encontrar Trent, mas eu não estava pronta para vê-lo ainda. A nostalgia do cheiro de fumaça de combustível permeia o ar e ameaça me levar de volta a uma época onde o barulho dos motores rugindo e a torcida da multidão me emocionavam. Posso fechar os olhos e ainda ver as muitas arenas e eventos ao ar livre que fui no ano em que segui Trent na estrada. Na época em que ele não me odiava e eu não tinha o traído.

Minhas botas pretas chutam areia e cascalho enquanto sigo a trilha que leva mais fundo ao caos. As pessoas se aglomeram ao redor de carros, motos e caminhonetes carregadas. A névoa de sujeira, escapamento e maconha está espessa no ar, mas ninguém parece se incomodar com isso. Uma mesa de DJ ao lado está tocando *Hot Girl Bummer*, dos Blackbears, enquanto faço meu caminho pelo mar de pessoas. Corpos pegajosos roçam meus braços, meio cobertos pela minha jaqueta de couro, até chegar ao meu destino. Uma cerca de arame delimita a área dos espectadores, segurando a multidão, algo em que me surpreende por Trent ter investido nisso. A cerca oferece proteção e hoje em dia ele parece que nem se importaria se uma moto inteira ou peças de carro viessem disparados na direção da multidão. A primeira rajada de vento que vem depois da corrida dos veículos agita meu cabelo comprido e escuro em um redemoinho. Meus olhos devoram seus para-choques e lanternas traseiras enquanto eles passam. Velhas chamas de adrenalina disparam em minha corrente sanguínea, ganhando vida e trazendo o fantasma de um sorriso aos meus lábios. Eu costumava adorar isso.

Os veículos correm para fora de vista e em torno de um ponto onde parecem desaparecer por alguns segundos. Meu olhar pousa ali e sobe para o penhasco acima, onde uma figura solitária se inclina contra as pedras. O ponto. Exatamente onde Jay disse que ele estaria. Meu peito se aperta. Começo a ir em direção ao final da pista, assim que os veículos alcançam a linha de chegada e a maioria da multidão explode em gritos. Eu não paro para comemorar, apenas continuo caminhando em direção ao homem que tem minha vida em suas mãos. O aviso de Jay de antes está fresco em minha mente e sei que preciso encontrar uma maneira de Trent e eu coexistirmos pacificamente até que meu trabalho seja concluído.

Consigo encontrar o caminho desgastado pela grama alta e mantenho o olhar no meu destino, ignorando a maneira como minha garganta fica seca. Tudo é demais e, ao mesmo tempo, sei que ainda nem arranhamos a superfície da confusão entre nós. Mantenho os passos leves quanto mais perto eu chego. As costas de Trent ficam rígidas quando chego ao topo e sei que ele está ciente de que sou eu. Meus olhos vasculham a velha e gasta jaqueta de corrida preta e vermelha que está esticada firmemente sobre seus ombros largos e costas, até o jeans destruído que abraça suas pernas musculosas, antes de cair para as botas pretas em seus pés tão semelhantes às minhas. Meu coração salta dolorosamente no peito. Ele é um sonho de se olhar. Um lindo pesadelo do meu passado que preciso enfrentar para salvar minha vida.

— Você só pode estar de sacanagem comigo — ele murmura, virando-se para me encarar. Uma carranca puxa seus lábios para baixo, o cigarro entre eles brilha contra a escuridão e seus olhos queimam de nojo. — Seu mestre mandou você aqui para ser um bom cachorrinho de madame?

Minha sobrancelha sobe, endireitando a coluna.

— Você não quer dizer sua boa cadela?

Sua cabeça se inclina para o lado.

— Você que está dizendo.

Balanço a cabeça.

— Você deveria saber mais do que ninguém que não sou o tipo de garota que fica seguindo as ordens de alguém.

— Não, é boa apenas em empunhar uma faca nas costas — ele responde e estou meio tentada a sorrir maliciosamente por força do hábito.

Meus olhos voltam para a pista, enquanto ignoro o buraco em que ele se meteu. Minha mente embaralha em todas as coisas que eu deveria dizer e as muitas maneiras que devo garantir que ele apareça no *briefing* de Jay amanhã, só que não consigo superar as perguntas que me atormentam desde que o vi novamente.

Eu bato palmas.

— Por mais que eu goste desse melodrama, acho que está claro que você não me odeia tanto quanto gostaria.

Sua sobrancelha se levanta.

— Por mais intrigante que seja essa afirmação, eu realmente não me importo em continuar compartilhando o mesmo ar. Então... — Ele faz um gesto de mim até a base da colina, antes de voltar para a borda onde está a ação.

— Por que você deu o meu nome à sua trilha? E por que meu nome está tatuado em sua mão?

Trent fica quieto e, por um segundo, esqueço como respirar. Mais uma vez, não consigo me controlar quando se trata deste homem. Todas as minhas frases cuidadosamente planejadas se foram descarga abaixo por causa da minha necessidade de ainda significar algo para ele.

Seus ombros tremem e uma risada escapa no ar noturno, ecoando ao nosso redor. A cabeça de Trent cai para trás, até que a aba de seu chapéu atinja sua omoplata. Desta vez, quando ele se vira, seus olhos azuis estão gelados e distantes. Luto contra o desejo de recuar com o impacto.

— Todo mundo lá embaixo está correndo ilegalmente, vendendo e comprando drogas, festejando mesmo sendo menores de idade. Uma fossa de criminosos de uma forma ou de outra. Scar é apenas um nome que incorpora tudo isso.

— Por que a tatuagem? — pergunto novamente, meu olhar se movendo de seu rosto para a mão que ele envolveu em uma garrafa de Jack.

— Cada vez que olho para baixo, tudo o que penso é em envolver minhas mãos em volta do pescoço da pessoa responsável pelo assassinato do meu amigo. Como vou sufocar aquela pessoa e desfrutar assistindo a luz deixar seus olhos enquanto luta para respirar. Scar é o lembrete do que preciso. O objetivo final. Você é a responsável. Seu pai e aquele império são os responsáveis. — Sua cabeça se vira para o lado e eu vejo enquanto sua garganta se contrai e sua mão flexiona a garrafa antes de jogá-la para longe.

Assusto-me com o barulho do vidro quebrando na quietude ao nosso redor. Minha frequência cardíaca acelera e meus olhos piscam furiosamente para impedir as lágrimas. Trent me odiar não é novo. Eu aceitei e, nos últimos seis anos, fiz tudo o que podia para seguir em frente e procurar maneiras de consertar. Agora é a hora e estou com medo. Isso é o que odeio mais do que tudo. Parei de deixar os homens me amedrontarem quando eu tinha dezoito anos.

— Você vai estar lá amanhã ou não?

— Você pode dizer ao seu mestre que estarei lá — zomba. — Qualquer coisa para acabar com isso, para que eu possa colocá-la atrás das grades, onde você pertence.

— Vou aceitar e assumir a responsabilidade pelo que fiz. — Encontro uma vontade de manter minha voz forte. — Só espero que você esteja pronto para ouvir a verdade. Nem tudo é o que você parece acreditar.

— Se você acha que eu confio em qualquer coisa que sai da sua boca, Reyes, precisa escutar outra coisa. Para mim, você sempre será a vadia mentirosa que arruinou minha vida e matou um dos meus melhores amigos.

Eu sabia que ele ia dizer isso. Passei meses me preparando para ouvir essas palavras e, ainda assim, elas parecem lâminas de barbear cortando minha pele, deixando meus sentimentos abertos. Não há mais nada a dizer. Viro o calcanhar e desço o caminho, mantendo a cabeça erguida e as costas retas. Trent não pode me machucar; eu já corrompi minha alma o suficiente por nós dois.

CAPÍTULO 3

TRENT

A manhã chega rápido demais. A copiosa quantidade de álcool que bebi depois que Scarlet foi embora na noite passada ainda está causando estragos no meu sistema. O sangue trovejando em meus ouvidos está me dando dor de cabeça. Minha boca parece ressecada. Olhando para trás, não foi uma boa ideia comprar uma nova garrafa de Jack, depois de quebrar a minha outra, mas nunca tomei as melhores decisões quando se tratava de Scarlet. Só de pensar no nome dela, a dor aguda atrás dos meus olhos piora. Foi horrível vê-la. Ter que ouvi-la hoje vai ser como morrer de novo.

Tomo um banho rápido e visto minhas roupas oficiais para o escritório: terno, gravata, camisa de botão, todo o traje. É muito diferente do que normalmente estou usando, quando estou trabalhando ou cuidando de Scar. Depois de anos levando essa vida dupla, você pensaria que eu estaria cansado disso, mas não estou. Trabalhar com Jay e a força-tarefa é meu serviço diário. Um papel que fui preparado para assumir e do qual ganhar a vida. Mas eu prefiro ser Trent Nichols, motociclista, corredor clandestino. Há muito pouco em comum entre essas duas versões e gosto disso.

No momento em que me dirijo para o prédio onde realizamos essas reuniões, percebo que sou o último a chegar. Estremecendo à luz do sol, eu saio e me estico, tentando ignorar a forma como meu estômago protesta contra o movimento. O Red Bull e a fatia de pizza que comprei na loja de conveniência não fizeram nada para deter a ressaca. Coloco um chiclete na boca e caminho em direção à porta com alarme, pressionando meu distintivo contra ela para entrar.

Todo o andar está zumbindo. Clara, nossa secretária, está indo e voltando da copiadora para o computador, e sua assistente está falando animadamente ao telefone. Na outra extremidade do corredor, posso ver que as cortinas nas paredes de vidro estão levantadas e todos em nossa força-tarefa estão alinhados ao fundo para ouvir. Passo por dois membros enquanto me espremo para dentro da sala. Jay e Scarlet já estão de pé à mesa. Os dois erguem os olhos quando entro na sala, seus olhos me observando com atenção enquanto encontro um assento na extremidade oposta da mesa como eles, e me sento. O olhar de Jay se estreita quando vê o que estou fazendo.

Evito olhar diretamente para Scarlet até que seja necessário, mas ainda posso vê-la na minha visão periférica. Hoje ela parece muito diferente da mulher que desfilou em meu gramado ontem à noite. A minissaia e a jaqueta de couro, a camiseta da banda e as botas de combate se foram. Esta versão dela hoje se parece com a rainha do cartel que é, vestindo calças de terno de cintura alta e uma blusa preta cortada com listras brancas, combinadas com um sexy par de saltos pretos. Seu cabelo não está mais desgrenhado e desalinhado pelo vento, mas alisado para trás e preso em um rabo de cavalo baixo. O rosto limpo também se foi. Hoje, seus olhos estão rodeados de delineador escuro e seus lábios estão pintados de vermelho. Posso sentir seu olhar fixo na lateral do meu rosto e tenho que lutar para continuar olhando para a folha que recebi e para a tela montada na minha frente com todos os detalhes do nosso caso.

— Estamos prontos ou não? — pergunto, voltando meu olhar para Jay, minha voz soando entediada.

— Você está pronto? — Jay desvia seu olhar para mim, levantando a sobrancelha. Posso sentir a raiva fervendo em meu pescoço e de repente minha gravata parece muito apertada.

— Seu circo — digo a ele, encolhendo os ombros. Alguns caras na sala arrastam os pés e limpam a garganta.

Jay e eu estarmos um contra o outro não é novidade. Ele pode ser meu superior e meu chefe, mas sabe que falo o que penso. Nunca escondi meus sentimentos dele em nenhum caso, ou não questionei sua opinião. É raro eu estar completamente certo, mas tive momentos em que minha ideia mudou todo um caso. Ele sabe isso. Eu sei isso. A equipe sabe disso. Normalmente lidamos com nosso conflito antes de chegarmos à sala de instruções, hoje é a exceção. Scarlet estar aqui e não atrás das grades é outra.

— Pelas lágrimas de Jesus Cristo — Jay murmura baixinho, antes de se virar e clicar em um controle remoto na tela atrás dele.

Minha garganta tem espasmos, o ar fica preso no meu peito enquanto observo a imagem. Explodindo na tela está a entrada externa da Track, a arena da minha cidade natal em Araminta. O lugar onde fui preso pela primeira vez por estar em uma apreensão de quadrilha de drogas. A primeira vez que conheci Jay. E onde, evidentemente, ganhei a atenção de Raul Alverez. Olho rapidamente para Jay antes de meus olhos voltarem para a tela.

— Eu vou deixar você assumir a partir daqui, Sra. Reyes. — Jay acena para ela.

Scarlet se levanta, suas mãos deslizando sobre as roupas como se estivesse alisando quaisquer rugas. Sinto quando ela olha para mim, antes de focar sua atenção na tela.

— Como muitos de vocês sabem, meu pai mudou seu negócio para Araminta em 2010. Durante anos, ele dirigiu dinheiro e drogas pela pista desconhecida dos espectadores, dos corredores e de alguns vereadores. Quando esta operação foi interrompida, tornei-me uma parte vital no plano de vingança de meu pai, bem como em sua ideia de reconstruir e reformular a marca. Empreendimentos menores como esses não eram mais uma opção. Seu ego foi danificado. Foi assim que chegamos a isso. — Ela clica no controle remoto novamente e três fotos aparecem na tela. Um dos hotéis La Flor em Las Vegas, Rosa, um restaurante sofisticado na cidade de Nova York e, por último, uma foto de um grupo de homens carregando rifles, usando máscaras e parados em frente a uma mansão localizada no topo de um penhasco.

— Os Los Moños? — um dos caras na sala pergunta e Scarlet acena com a cabeça.

— Acabamos de fechar um acordo com o líder dos Los Moños, Julio Bandera. Também conhecido como Fantasma, o Silencioso, e meu favorito pessoalmente, o Crazy Moño. É por meio desse acordo que meu pai planejou assumir a maior cadeia de suprimentos dos estados ao sul da fronteira — explica, enquanto clica no botão para abrir outra imagem que mostra um mapa onde o sul dos Estados Unidos e a fronteira do México se encontram.

Alguém se move atrás de mim e os olhos de Scarlet saltam para lá.

— Sim?

— O que acontecerá com o negócio agora que Alverez está morto? — Eu me viro e vejo que meu amigo, Theo, fez a pergunta.

— Vou continuar com o negócio — diz Scarlet, clicando no botão mais uma vez e trazendo a imagem de um pátio de embarque e caixas. —

Raul pode ter amarrado o nome dele ao negócio, mas fui eu que fiz o acordo com o Julio. Entendemos que esse plano continuaria com ou sem meu pai. Julio sabia da transação que estava ocorrendo em Vegas e avisou meu pai para não fazer isso. Não é surpresa para Julio que meu pai esteja morto.

— Não quero ser desrespeitosa — ouço Kallie falar na parte de trás —, mas como você chegou a uma posição de tomar as decisões dos negócios? Normalmente, quando vemos essas situações, um homem como Bandera estaria passando para a próxima pessoa mais rica da fila.

Viro o olhar para Scarlet e dou a ela o efeito total dos meus olhos correndo sobre ela. Desafiando que ela explique para a sala cheia de pessoas, policiais e amigos como ela chegou ao poder. Quem ela tinha que ferrar para chegar lá e, em última instância, quem tinha que morrer para que ela assegurasse aquele relacionamento com Bandera. Seus olhos caem para os meus e, por um segundo, vejo a vulnerabilidade me encarando. Seus olhos se fecham e, quando ela os abre novamente, vira-se para Jay e acena com a cabeça.

Ele faz um gesto para Clara, que entra com um gravador de vídeo e um monitor de frequência cardíaca. Demoro um minuto para entender o que está acontecendo e, quando o faço, um pequeno buraco de dúvida abre caminho através da armadura que guarda meu coração. Para processar Scarlet totalmente, preciso de um depoimento e declaração dela. Uma declaração em vídeo é mais poderosa do que escrita. Scarlet clica no botão e a tela retorna para a imagem da trilha da Araminta, antes de se sentar e permitir que Jay a conecte às máquinas e ligue as câmeras de vídeo. Ele se coloca ao meu lado e acena para ela antes de apertar o botão de gravar.

— Você fez uma ótima pergunta. — Scarlet se vira para Kallie, dando-lhe um pequeno sorriso antes de voltar para a câmera. — O império de Raul Alverez é construído sobre as mesmas ideologias e princípios que você já ouviu muitas vezes em sua linha de trabalho. Regras pesadas. Dedos-duros são feitos de exemplo. A insolência é punível com a morte e, por último, somos uma família. É sangue entrando e sangue saindo. Os pais entregam seus impérios aos filhos. No meu caso, meu pai não teve um filho, só eu. Matei pela primeira vez quando tinha quinze anos. O homem que matei aparentemente procurou meu pai e pediu para me comprar. Não sei se o dinheiro era muito pouco ou muito mais do que ele esperava, mas foi então que minha vida mudou. Ele viu uma maneira de se beneficiar por ter uma filha que fosse mais do que apenas um casamento de negócios. Fui levada a um prédio vazio, me entregaram uma arma e disseram para matar o homem no chão na minha frente. Ele era casado e usava um anel, então só posso imaginar o motivo pelo qual ele queria me comprar. Acabei matando-o. Tornou-se um jogo de matar ou morrer e eu não tinha dúvidas de que meu pai não teria hesitado em colocar uma bala em mim naquela noite, se eu não tivesse passado em sua versão doentia de um teste.

Ela estremece com a memória enquanto me encontro tentado a inclinar-me para frente em meu assento, engolindo as palavras que respondem a tantas das perguntas que venho segurando há anos.

— Depois daquela noite entrei no treinamento — ela zomba um pouco. — Eu matei de novo e de novo, aprendendo diferentes armas e técnicas. Meu pai estava determinado a me tornar a mulher mais temida de seu império. Uma boneca assassina. Uma arma que ele pudesse controlar. Fui ensinada a atrair homens com minha aparência e depois matá-los. Sempre sob a pressão de que seriam eles ou meu cachorro. Mais tarde, passou a ser eles ou minha prima, que é minha melhor amiga. E, eventualmente, suas vidas ou a minha. Por três anos, isso continuou, enquanto ele me construía de acordo com seu padrão. Ele tinha negócios inacabados, um rancor.

Seus olhos encontram os meus novamente. Respiro fundo, sabendo onde isso está indo e sem certeza se quero ouvir. Nada do que ela vai dizer é novidade para mim e, ainda assim, posso sentir minhas costelas apertarem e os músculos dos meus antebraços ondularem com o esforço de não jogar a mesa e dizer a todos para dar o fora.

Seus olhos escurecem, o marrom se transformando em quase preto, enquanto seu rosto ia relaxando. Posso ver sua mente se afastando, de volta para onde tudo começou. Pior do que isso, posso sentir seu coração clamando pelo meu para se juntar a ela. Lembrar. Para ver as coisas de sua perspectiva. Sei como a história termina. Nada que ela diga pode mudar minha mente. Nada pode apagar os anos de dor que a seguiram entrando em minha vida. Nada.

CAPÍTULO 4

SCARLET

— *Uhul! Boa mira!*

Minha cabeça gira no momento em que Evita, minha prima favorita, sai de seu Mustang vermelho, acenando para mim. Eu franzo a testa, enquanto a vejo se aproximar cada vez mais, notando o short de grife e a camisa esvoaçante. Ela parece muito diferente do normal. Olho ao redor dela e percebo que ninguém mais está com ela, outra coisa fora do comum. Evita nunca está sozinha. Minha prima é a princesa de sua família, e seu pai faz de tudo para garantir que sua filha seja protegida e pura até que ele possa fazer um pacto de casamento com outra família poderosa. Nunca a vi em nada que não fosse um vestido, e definitivamente nada de tecido jeans. Eu viro a trava de segurança do meu rifle de nível militar e o seguro ao meu lado.

— O que você está fazendo? — questiono, aceitando seu abraço e envolvendo meus braços em torno dela. Evita é uma linda supermodelo com longos cabelos pretos cacheados e olhos castanhos. Seus lábios estão pintados de um batom cor-de-rosa, que se destaca contra sua pele bronzeada. Minha cabeça bate em seu ombro, enquanto seu braço envolve o meu. Invejo suas pernas que se estendem por quilômetros, tornando-a graciosamente mais alta do que meus meros 1,62m de altura.

— O que você quer dizer? — Ela se inclina para trás e dá um beijo leve na minha bochecha.

Meu olhar passa por ela novamente, perplexa por sua comitiva usual de segurança não a estar seguindo.

— Aquilo — digo, apontando para o vazio. — Isto. — Puxo sua camisa, enquanto ela desliza para fora de seu ombro. — Seu pai teria um ataque cardíaco se a visse com isso ou com a pele do seu ombro nua.

— Eu sei! — Ela bate palmas de alegria. — Não é excitante?

— Evi — digo, exasperada, antes de pegar minha garrafa de água.

— Minha mãe conversou com seu pai. — Ela encolhe os ombros e um sorriso malicioso aparece em seus lábios. — Eu disse a ela como seu círculo social limitado pode impedi-la de fazer seu trabalho e as coisas provavelmente iriam melhor se eu estivesse lá.

Minha sobrancelha se curva. Não tenho certeza de como interpretar o que ela acabou de dizer.

— Atraí todos os meus alvos sem nenhum problema.

— Sim — ela se move —, homens que são como nossos pais, famintos por poder e que iriam atrás de uma jovem menina. Você não tem absolutamente nenhuma experiência com caras da sua idade. Exceto aquele encontro com seu guarda-costas.

Eu enrijeço com a menção de Jerrett, enquanto meu corpo trabalha para suprimir o estremecimento sob minha pele. Jerrett foi meu amigo e parceiro de treino por um ano aqui no México. Uma noite, ele foi jogado no meu quarto, ensanguentado e machucado, e parecia que sua vida havia acabado.

— *O que está acontecendo?* — *pergunto, sentando na cama e acendendo a lâmpada ao meu lado, antes de puxar o lençol até o queixo. No México faz calor e o prédio mal tem ar-condicionado. À noite, eu escolho dormir apenas com minha calcinha e uma camisola.*

Jerrett se levanta e, mesmo com pouca luz, posso ver a agonia estampada em seus traços faciais.

— *Lettie...* — *Meu nome soa tão desamparado em sua língua que me endireito.*

— *Jer?* — *digo seu nome, repentinamente preocupada com meu amigo.* — *O que está acontecendo? Isso é um exercício de treinamento?*

Sua cabeça balança, as mechas negras caindo sobre o rosto. Ele caminha até minha cama e se senta na beirada. Nossos olhos se encontram e ele coloca um dedo sobre os lábios, sinalizando para eu ficar quieta. Aperto os lábios e aceno para ele, confiando completamente nele, mais do que já confiei em qualquer outra pessoa. — *Eu tenho que fazer algo, Lettie. Seu pai… Sr. Alverez exige que aconteça agora.*

Minhas sobrancelhas se juntam, sem entender. As mãos de Jerrett agarram a barra de sua camisa antes de puxá-la pela cabeça. Seu peito nu está completamente exposto, e posso ver os machucados vermelhos e raivosos cobrindo seus lados. Vê-lo quase nu não é novidade para mim. Ao longo do ano, Jerrett e eu lutamos fora de casa nos dias mais quentes e ele geralmente não usa uma camisa. Ele também me ensinou a tirar as algemas debaixo d'água e nós dois usávamos maiôs para isso.

— O que...

Ele balança a cabeça para mim, seus olhos transmitindo uma mensagem. Ele se inclina sobre mim quando seus joelhos atingem minha cama, o colchão afunda sob nosso peso e meus olhos se arregalam. Pela primeira vez, estou começando a perceber o que está acontecendo. Abro a boca para gritar, para fazer qualquer coisa. Sua mão bate na minha boca, mantendo o som abafado por baixo dela. Minhas mãos voam para seus ombros, as unhas arranhando sua pele gelada.

— Eu tenho que fazer isso, Lettie. — Sua voz sussurra perto do meu ouvido: — Se não for eu, será outra pessoa. Seu pai não quer que seus inimigos barganhem por sua inocência. Você é uma arma apenas para ele. Entende?

Lágrimas caem dos cantos dos meus olhos e escorrem para os fios do meu cabelo. Meu corpo estremece em seu aperto e meu coração se parte dentro do peito. Que tipo de monstro faz isso com sua própria filha? Sua carne e sangue? Naquele momento, sou grata pela mão de Jerrett cobrindo minha boca. Isso mantém os soluços presos na minha garganta. O olhar dele encontra o meu e quero morrer quando vejo a pena e o remorso nele.

— Não vou deixá-lo vencer — Jerrett sussurra contra minha bochecha antes de seus lábios tocarem minha pele. — Confie em mim. Prometo tornar isso o mais fácil e prazeroso possível para você.

Ele se inclina para trás, meus olhos escuros capturando os dele. Posso ver a verdade e manchas de raiva queimando nas suas profundezas castanhas. Meu peito sobe e desce enquanto o deixo tirar o tecido fino da minha camisola do meu corpo. Eventualmente, eu me deito de volta, balançando a cabeça, dando-lhe permissão para continuar, sabendo que isso poderia ser pior. Pelo menos é Jerrett.

Jerrett tirou minha virgindade naquela noite a mando de meu pai. Um gesto simbólico feito para que eu não fosse considerada uma criança pura, inocente, digna de resgate. Eu era uma mulher, uma assassina e uma de seus muitos discípulos. Jerrett cumpriu sua palavra; não foi tão horrível quanto poderia ter sido. Ele fez de tudo para me deixar confortável e aproveitar a experiência o máximo que pude, em vez de me fazer sentir como se tivesse sido estuprada. Jerrett sabia o que estava fazendo quando optou por ser gentil em vez de enérgico e, no final, pagou por isso com a vida. Ele foi levado para o pátio na manhã seguinte, com as mãos amarradas nas costas, enquanto meu pai apontava uma arma para sua cabeça e o assassinava como exemplo de não cumprimento de ordens. Ainda me enoja que meu pai planejou que minha virgindade fosse arrancada. Isso teria me quebrado, se Jerrett não tivesse me contado sobre o plano de meu pai. Serei eternamente grata por ele ter sido gentil.

Inspiro e expiro, empurrando para baixo a culpa que sinto pela morte de Jerrett, e me volto para minha prima.

— Então seu pai concordou com isso? — Acho muito difícil de acreditar. Ela revira os olhos.

— Você sabe que meu pai concorda com qualquer coisa que o tio disser. Bastou um pouco de dúvida sobre suas habilidades de flerte vindas da irmã dele, e o tio estava a bordo. Agora posso passar os próximos três meses com você, antes de ter que voltar para casa e começar a olhar para as minhas propostas de casamento. — Ela mostra a língua na última parte.

— Bem, pelo menos você sabe que se o seu futuro marido não for bom para você, eu sempre posso matá-lo enquanto dorme. — Sorrio para ela. Ela sorri de volta, mas não é genuíno. Os traços de felicidade em seus olhos diminuindo. — Evi... — começo a dizer, antes que ela me interrompa.

— Nada de tristeza! Vamos para a Flórida terminar este trabalho, para que possamos passar algum tempo bem merecido na praia juntas. — Ela agarra minha mão e começa a me levar para a casa. — Já estou procurando ingressos para a corrida e estou pesquisando clubes para ver se algum deles tem área VIP reservada. Ouvi dizer que é um evento de três dias.

Aceno com a cabeça, tendo lido algumas das mesmas informações também. Franzo a testa um pouco, porém, percebendo que nem sequer pensei em entrar em clubes. Meu plano era um pouco mais arcaico. Eu tinha planejado apenas segui-lo depois da corrida. A contragosto, posso entender onde Evita pode ser útil.

— Vá tomar banho e se trocar. — Ela me empurra em direção à porta, fazendo-me rir.

— O quê? — Aponto para as manchas de grama e sujeira em meus cotovelos. — Você está me dizendo que esse não é o visual que os caras do motocross procuram?

Seu nariz enruga.

— Não. Nenhum cara. Jamais.

Rio de sua expressão, subindo correndo as escadas e pegando algumas coisas do meu armário antes de pular no chuveiro. Quando termino, faço uma trança rápida no cabelo para que fique pendurado nas costas e jogo toda a minha maquiagem e produtos de cabelo em uma bolsa. Enfio-me em um par de shorts jeans cortados e uma regata, antes de valsar para fora do banheiro.

— Você tem sorte que eu te amo. — Evi sopra mechas de cabelo para fora dos olhos, apontando para a grande mala que ficava ao lado da minha porta.

— Você fez as malas para mim? — Eu sorrio e corro até ela, abraçando-a pela cintura.

— Sim! — Ela ri. — Vamos indo para que possamos chegar ao nosso primeiro hotel antes de escurecer.

— Você é a melhor, Evi — digo a ela, enquanto agarro a alça da minha mala e a empurro de volta para as escadas. Na porta da frente, aceno para a equipe de segurança, que parece um pouco nervosa. Pela primeira vez, eles ficarão aqui enquanto estou em uma missão solo para buscar a vingança de meu pai.

Coloco as malas no porta-malas ao lado das de Evita e subo no banco do passageiro. Ela pega seu telefone e abre seu aplicativo Maps.

— Esta vai ser a viagem mais longa de todos os tempos. — Faz beicinho e vira seus grandes olhos para mim. — Não podemos voar?

— Segurança — eu a lembro, navegando por sua *playlist*.

— Okay. Tudo bem, vamos começar essa viagem épica de garotas e um plano de vingança! — ela grita para o ar, e eu rio e vibro com ela. Estou feliz por não estar sozinha nisso. Eu dou play em Don Omar, "Danza Kuduro", enquanto seguimos para a fronteira dos Estados Unidos.

Após uma viagem de quase dois dias, finalmente chegamos a Tampa, Flórida, e rapidamente encontramos nosso hotel. Evita conseguiu nos colocar em um próximo o suficiente para as corridas, de modo que poderíamos ir andando se necessário. A julgar pela multidão lá fora, não vamos encontrar nenhum estacionamento tão perto. Assim que entramos em nosso quarto, eu rapidamente envio uma mensagem para meu pai sobre nossa chegada antes de pular no chuveiro. Levo meu tempo condicionando meu cabelo e depilando absolutamente tudo, antes de usar esfoliante de açúcar até que minha pele bronzeada brilhe.

Quando saio, meus olhos parecem mais despertos e minha pele está macia como seda. Seco o cabelo antes de adicionar alguns cachos e correr os dedos por eles. Estou prestes a puxar minha bolsa de maquiagem quando um pequeno fio de dúvida se insinua em minha mente. Eu franzo a testa.

— Evi!

Ela enfia a cabeça no banheiro.

— Sim?

Minha boca abre e fecha. Não posso acreditar que estou duvidando de mim mesma agora, depois de fazer a mesma rotina de maquiagem por um ano.

— O que eu faço para uma corrida de motocross?

Ela sorri.

— Tá vendo, é por isso que eu precisava estar aqui. Fique mais neutra por hoje. Assim que encontrarmos o *after party*, podemos apimentá-la ainda mais.

Aceno, como se sua sugestão fizesse sentido. Depois que ela sai, pego meu telefone e acesso o Pinterest para dicas de maquiagem neutra. Sigo o exemplo guiado e, em seguida, opto pelo meu batom rosa mais escuro, recusando que meus lábios pareçam qualquer coisa perto de nus. Eu gosto de cor.

No quarto, Evita coloca uma roupa na cama para mim antes de passar furtivamente por mim em direção ao banheiro. Ouço o chuveiro ligar antes de entrar no short jeans que ela escolheu. Eles deslizam e se moldam como uma segunda pele em torno de minhas curvas e bunda. Viro-me na frente do espelho, admirando o quão fofo ele realmente parece. Pego a camisa em seguida e jogo sobre a cabeça. O material preto é um pouco longo, então eu o amarro logo abaixo do meu umbigo.

— Você parece uma motoqueira. — Evita sorri. Quando ela sai, noto que está vestindo um short branco e um top verde fluorescente agora.

Minha sobrancelha sobe.

— É isso que as meninas usam para essas coisas?

Ela encolhe os ombros.

— Eu não faço ideia. Eu estava pensando em casual e sexy, mas não vadia. Não queremos ser confundidas com *groupies* ou alguma Maria Capacete. — Ela estremece e eu rio.

— Você está quase pronta? — pergunto, olhando para a hora no meu telefone novamente. A corrida começa em quarenta e cinco minutos e ainda temos que caminhar até lá.

— Quase — ela fala, antes de pular de volta para o banheiro. — Só tenho que terminar meus olhos!

Ando pela sala e sou constantemente atraída pela janela que dá para o estacionamento. Grupos de pessoas saem, de vez em quando, todos vestidos da mesma forma que eu, exceto por um grupo de cinco garotas que estão usando as saias mais curtas e shorts que mal cobrem suas nádegas com tops de biquíni. Devem ser as Marias Capacetes de que Evita estava falando.

— Ok, pronta! — Evita sai voando do banheiro, enquanto calça as sandálias prateadas.

— Sem julgamento — eu a advirto, antes de colocar meu Adidas todo branco.

Ela ri enquanto agarra as chaves do nosso quarto e as coloca dentro de sua bolsa. Pego meus óculos de sol da bolsa e a sigo para fora da porta. Assim que entro no corredor, meu telefone vibra no bolso. Puxando-o para fora, o nome do meu pai pisca na tela. Abro o texto, prendendo a respiração.

> Pai: Não estrague isso.

Eu resmungo, completamente chateada com sua falta de fé. Não importa quão perfeito seja o trabalho, ele nunca vai reconhecer o quanto eu me tornei um trunfo para ele. Sinto-me mal por querer sua aprovação. Tudo que eu deveria querer é estar fora de seu domínio e é por isso que este trabalho é tão importante. Depois de concluído, tenho três anos de liberdade para ir para a faculdade que quiser. Isso é o que combinamos. Sei que meu pai é um tirano e não tenho intenção de seguir seus passos. Três anos longe dele e tentando planejar meu próprio desaparecimento, minha única chance de viver minha vida, depende da rapidez com que posso completar esta missão.

— Vamos nos apressar — digo a Evita, quando a encontro me olhando com simpatia nos olhos.

Nós duas estamos segurando nossas vidas pelas pontas dos dedos agora. Evita pode parecer mais resignada com seu destino do que eu, mas sei que é uma atuação que ela apresenta para não desmoronar. Pelo menos ela tem uma chance de amor esperando por si. Há muito tempo, fui ensinada a não esperar amor. Por que quem poderia realmente amar um monstro?

Caminhamos com a multidão até o local da pista de corrida. Assim que chegamos ao portão principal, nossos ingressos são escaneados e podemos entrar. Imediatamente, posso sentir o cheiro das barracas de cerveja e de comida. Pizza, hambúrgueres, minidonuts e uma variedade de outros aromas se misturam e me atingem. Caminhamos para mais perto de onde estão as arquibancadas e encontramos nossos lugares. Uma cerca de arame separa a multidão da trilha de terra. Evita conseguiu nos aproximar o máximo possível com seu contato e estou feliz por ela ter feito isso. Meus olhos se arregalam ligeiramente quando vejo quão grande a área realmente é. Montes de terra do tamanho de montanhas são colocados aleatoriamente e bandeiras alinham a pista.

Depois de nos sentarmos, Evita sai correndo para pegar alguns drinques. Meninos e meninas andam de moto pela pista enquanto a multidão aplaude e ri. Algumas das crianças são tão jovens que precisam empurrar as motos pelas pilhas de terra. Eu rio junto com a multidão, enquanto o locutor está comentando com humor.

— Tudo bem — Evita de repente diz ao meu lado, sentando-se novamente em seu assento e me entregando uma cerveja engarrafada. — Então, conversei com alguns caras perto do estande. Eles têm passes de fim de semana e vêm todos os anos para esta série. Existem dois clubes específicos aos quais os pilotos costumam ir depois da festa, então só precisamos descobrir em qual deles seu cara estará.

Ignoro a maneira como ela diz meu cara, como se eu fosse uma *stalker*, e não estivesse apenas o perseguindo para encontrar uma forma de colocá-lo de joelhos.

— Ele geralmente corre em um grupo de quatro outros pilotos. Eles são amigos há anos e são companheiros de equipe.

Ela concorda com o que estou dizendo, seus olhos se estreitando um pouco, e posso ver suas engrenagens internas girando sobre como encontrá-los.

— Aqui, circule os nomes aqui. — Ela me entrega um panfleto com o nome de cada piloto, estatísticas e números neles. Pego sua caneta e círculo os nomes que lembro do arquivo que recebi há um ano.

Sam Hamilton.
Elias Martinez.
Dean Osborne.
Kian Wilson.
Trent Nichols.

Três, incluindo Trent, são membros da equipe de corrida AfterHours, os maiores líderes de pontuação do país, e todos são declaradamente os caras mais pé no chão que já agraciaram o esporte. Tenho lido revistas de motocross e faço pesquisas na Internet há quase um ano para me preparar para isso. Três anos atrás, este grupo, Nichols em particular, fazia parte de uma operação policial que levou a uma apreensão de drogas em uma das fontes favoritas de meu pai em Araminta. Desde então, meu pai assumiu como missão fazer Trent Nichols pagar pelo que o fez perder. Eu sou o seu bilhete para esta vitória e Trent é o passe para a minha liberdade. Só preciso descobrir o que o move, puxá-lo e esperar para ver como meu pai planeja destruí-lo. Estou me dando três meses para fazer isso.

Devolvo o jornal para ela, assim que as enormes luzes do estádio ganham vida e a pista é liberada. *Cryin' Like A Bitch*, do Godsmack, explode pelos alto-falantes, assim que trinta motoqueiros diferentes vêm rugindo para a arena. Meus olhos distinguem facilmente o número setenta e oito, as letras brancas nítidas, contra a moto toda preta. Sua calça é preta e branca e sua jaqueta é preta com letras vermelhas neon. Mesmo de onde estou sentada, ele parece maior do que a vida. Minha pulsação começa a acelerar enquanto o vejo dar a volta na pista, guiando a moto com facilidade, como se fosse parte dele. O ar está denso com o cheiro de gasolina, borracha queimada e poeira. Uma onda de energia rasga a multidão, e até eu sou afetada por ela. Viro-me para Evita e vejo que ela está tão fascinada quanto eu. Seus olhos dourados estão presos em um dos pilotos de pé ao lado, seu cabelo mais longo preso em um rabo de cavalo, e mesmo daqui, é claro como ele é lindo.

Eu a cutuco com meu cotovelo e ela finalmente olha para mim, suas bochechas coradas e os olhos brilhando.

— Você está babando. — Sorrio e aponto para o canto de sua boca.

— Cale a boca. — Ela ri e me empurra para trás de brincadeira.

Todos os pilotos desaparecem assim que as luzes se apagam. O céu está completamente escuro agora, um pequeno grupo de estrelas é visível.

— Senhoras e senhores — o locutor começa, animando a multidão, e anuncia um piloto de cada vez.

Mentalmente faço minha lista de verificação, emparelhando cada número com o nome na minha lista. Trent Nichols é anunciado e meus olhos se voltam para a área por onde os pilotos saem. Claro que ele é o número setenta e oito, o piloto que eu não conseguia parar de olhar antes. All the Above, de Maino e T-Pain, bate nos meus ouvidos enquanto um holofote rastreia Trent enquanto ele dá o salto, completando um salto mortal duplo antes de voar, seu corpo pairando acima de sua moto. Minha respiração fica presa na garganta, atordoada por um segundo, enquanto meu cérebro se esforça para ver como ele vai voltar antes que a sujeira apareça para pegá-lo. Com quase nenhum esforço de sua parte, Trent é capaz de agarrar seu guidão e acertar a manobra enquanto a multidão fica louca por ele. De alguma forma, encontro-me de pé com eles, minhas mãos batendo palmas lentamente para ele.

— Uau. — Ouço Evita ao meu lado e concordo em silêncio. A adrenalina sobe no meu sangue, enquanto meus olhos o observam de longe. Ele nunca tirou o capacete e estou morrendo de vontade de vê-lo sem. Pensamentos estranhos correm pela minha mente: *ele está suando? Ele brilha? Foi tão fácil como parece para ele? Ele está sorrindo? Cínico? Carrancudo?* Meu cérebro e meu corpo parecem estranhos. Não posso deixar de franzir a testa com o meu interesse e completa admiração por ele. Meu coração dói e não sei porquê. Não consigo evitar a sensação de que algo crucial acabou de acontecer e não estou preparada para o resultado.

CAPÍTULO 5

SCARLET

Meus nervos estão à flor da pele quando a corrida acaba. Não quero sair da arena, mas Evita insiste que devemos descobrir onde é a festa. Ela é amigável e sedutora com todos. Eu não, mal consigo manter meus passos coordenados agora, minha mente está cheia com a corrida e Trent.

— Que tal eu buscar a informação e você voltar para o quarto? Eu estarei lá em breve. — Evita aperta meu braço e eu aceno, pensando em como ela é inteligente e como sou inútil agora. Preciso colocar meus pensamentos em ordem e estar neste lugar não está ajudando. Talvez seja a fumaça.

Com um pequeno sorriso, eu saio de lá e sigo a multidão, fazendo o meu melhor para me misturar e voltar para o quarto do hotel. O frio do ar-condicionado me atinge com força total no minuto em que entro no quarto e é uma sensação bem-vinda contra minha pele aquecida. Tiro o short e a camiseta antes de me esparramar na cama, deixando o ar frio passar por mim. Não consigo nem fechar os olhos sem ver Trent rasgando a pista de corrida e voando no ar por trás das minhas pálpebras. Inspirando e expirando, concentro-me no teto e tento controlar meus pensamentos. Foi apenas uma corrida. Algumas manobras. Não há razão para eu me sentir assim. Acima de tudo, Trent é um alvo. Eu não deveria estar fascinada por ele.

Não tenho ideia de quanto tempo fico ali deitada, só que ouço grupos de pessoas passando do lado de fora de nossa janela, todos conversando animadamente, a maioria deles embriagados.

— Estou de volta, vadia! — Evita grita e a porta bate atrás dela. Minha cabeça se vira e, com certeza, suas bochechas estão um pouco coradas. Assumo que ela bebeu pelo menos mais uma bebida antes de voltar.

— Qual é o plano? — Eu me levanto e caminho até a mala, passando os dedos pelo material brilhante e cintilante dos vestidos que ela escolheu para mim.

— Bem, nada que eu embalei para nós vai ser útil — ela bufa, com as mãos nos quadris.

— O que você quer dizer? Podemos verificar os dois clubes esta noite e os bares amanhã se você não for capaz de obter informações — eu a tranquilizo, encolhendo os ombros.

— Oh, eu tenho a informação — ela me diz, aproximando-se, seus olhos brilhando, um sorriso malicioso nos lábios. — Pergunte-me como.

— Como? — pergunto, entrando em seu jogo, minha sobrancelha arqueando.

Evita grita e pula para cima e para baixo, um sorriso enorme nos lábios.

— Eu esbarrei com ele!

Minha mente fica em branco por um segundo, antes de girar a todo vapor. Merda.

— Quem?

Ela revira os olhos.

— Cinquenta e quatro! Elias Martinez. Eu o peguei quando eles estavam saindo. Acontece que seu menino não é muito festeiro. Eles não fazem a cena do clube nos fins de semana como este. Eles nem mesmo ficam em hotéis, optando por alugar casas fora da cidade.

Espero minha frequência cardíaca diminuir antes de responder. Minha determinação começando a murchar. Como vou chegar até ele dessa maneira?

— Bem, isso muda as coisas. E agora? — pergunto, mais para mim do que para ela.

— Nós nos vestimos para uma fogueira — ela responde, girando sobre os calcanhares e indo até suas malas. — E, como eu disse, tudo que eu embalei é praticamente inútil. Parece que eles mantêm o estilo casual nessas festas na praia e em casa.

Meus dentes puxam meu lábio inferior enquanto contemplo as informações que Evita descobriu. Casual significa que eles provavelmente mantêm seu grupo pequeno e íntimo. Não vou ser capaz de apenas dançar com ele como em uma boate e convencê-lo de que sou o que ele quer levar para casa esta noite. Que tipo de atleta profissional prefere uma festa tranquila e intimista na praia a um bar lotado onde todos estão glorificando seus feitos a noite toda? Achava que os pilotos eram arrogantes e certos de que seu esporte era o melhor, porque todos os outros esportes exigem apenas uma bola, ou pelo menos foi o que vi em uma camiseta uma vez.

Estou prestes a expressar meus pensamentos quando Evita volta para fora do banheiro, vestindo um suéter preto com ombros largos. Grandes argolas douradas adornam suas orelhas e ela calça um par de chinelos pretos.

— Você está se arrumando ou vai sair só de calcinha? Quero dizer, isso certamente chamaria atenção.

Olhando para baixo, percebo que fiquei o tempo todo parada em frente à janela de calcinha e sutiã. Corando, pego algumas roupas e entro no banheiro. Cinco minutos depois, estou vestindo shorts pretos, uma camiseta branca e minha jaqueta jeans. Desta vez, sigo o exemplo de Evita e opto por sandálias em vez do meu Adidas, porque elas são mais fáceis de tirar enquanto ando na areia. Passo os dedos pelo cabelo e retoco o rímel que tem se acumulado no canto dos meus olhos com o calor que meu corpo estava projetando antes.

— Você sabe onde é? — pergunto, enquanto saímos do quarto do hotel. Os corredores estão silenciosos e uma rápida olhada no meu telefone me diz o motivo. Já são dez e meia.

— Sim, eles estão alugando um lugar em Clearwater. O endereço é... — Ela rapidamente toca em seu telefone antes de mostrá-lo para mim.

— Envie uma mensagem de texto com o endereço para o meu telefone, caso eu precise — digo a ela. — Eu vou dirigir. Acho que você já entornou algumas.

— Isso eu fiz, prima. — Ela ri. — E foi tudo por você.

— Eu te venero — provoco, piscando meus olhos enquanto ela gargalha e me sopra um beijo.

Conseguimos chegar ao carro dela e abro a mensagem que enviou com o endereço. Não é tão longe quanto eu esperava, mas ainda será depois das onze antes de chegarmos lá. Encontro uma vaga para estacionar e percebo que toda a rua está cheia de carros. Algo me diz que isso não é tão discreto quanto Evita estava sugerindo. Estaciono e saímos, os olhos observando a pequena casa em estilo bangalô. Há um portão aberto e um caminho de areia, suponho que leve à praia. Da estrada, posso ouvir pessoas rindo e conversando, bem como o som baixo de alguma música.

Mexo nervosamente com a bainha da minha jaqueta. *Recomponha-se*, penso uma e outra vez em minha cabeça. Pelo amor de Deus, eu escalei o exterior dos edifícios e atraí um homem para um quarto de hotel, sem que seus capangas percebessem, antes de matá-lo. Já derrubei homens com o dobro do tamanho de Trent Nichols em uma luta de gaiola. Não há nenhuma razão para minhas palmas estarem suadas agora.

— Preparada? — Eu me viro para Evita, que está praticamente pulando na ponta dos pés de empolgação.

— Sim! Vamos lá, garota! — grita e agarra meu braço, nos empurrando para o caminho de areia.

Andamos alguns metros e cruzamos uma duna de areia antes que a festa esteja visível. Na verdade, existem três fogueiras diferentes acontecendo. As pessoas estão relaxando ao redor delas, em pé ou dançando. Olho para a minha roupa e percebo que me encaixo, que ninguém está excessivamente vestido. Na verdade, estou quase vestida demais em comparação com algumas pessoas usando maiôs e toalhas. Um jipe amarelo foi conduzido o mais perto possível, com um barril no banco de trás. Nós nos aproximamos e agora posso ouvir as palavras de *Beautiful Girls*, de Sean Kingston, tocando em um alto-falante e estou totalmente sentindo a vibração. Meus lábios se abrem em um sorriso, e aquele feixe de nervos no meu estômago começa a diminuir.

— Bebidas. — Aponto Evita para o barril e ela segue, mesmo enquanto seus olhos vasculham a multidão. Sirvo dois copos para nós e tento ao máximo não estremecer. Eu gosto de cerveja. Eu gosto de álcool. Isso vem com os trabalhos e o território. Eu apenas prefiro uma garrafa ou chope. Sempre que tomo cerveja de um barril, sei que acordarei com uma dor de cabeça. — Você os vê? — Eu me inclino para mais perto dela.

Ela balança a cabeça antes de tomar um gole de seu copo. Felizmente para ela, minha prima nunca fica de ressaca. Jamais. Caminhamos pela areia e nos dirigimos ao fogo mais próximo de nós. Uma garota sentada em uma cadeira nos nota primeiro e levanta o queixo sorrindo.

— Ei!

Eu aceno e sorrio de volta, colocando meu cabelo atrás da orelha.

— Oi.

— Eu sou Evi — diz minha prima e estende a mão para a menina. Ela é deslumbrante, com cabelos loiros-claros e olhos azuis, e posso ver um punhado de sardas na ponte de seu nariz.

— Eu sou Scarlet — digo a ela, apertando as mãos em seguida. — Esta é a sua casa? — pergunto, apontando para a casa atrás de nós.

— Oh, Deus, não. — Ela ri, e fico impressionada com a ideia de quão jovem ela parece. — Meu irmão está alugando a casa com os amigos. Estou apenas visitando. É seu fim de semana como babá. — Ela revira os olhos na última parte. — Eu sou Ayda, a propósito.

— Caramba. — Evita ri levemente. — Bem, nós somos de fora da cidade. Um dos caras da corrida me disse que este era o lugar para estar hoje à noite. — Ela encolhe os ombros, agindo com naturalidade, e eu invejo o quão fácil ela faz isso parecer. Talvez eu precise de algumas aulas.

Ayda se endireita na cadeira, um sorriso brincalhão cruzando seus lábios.

— Qual cara? — Ela começa a escanear a multidão e meu olhar segue na mesma direção. À distância, finalmente vejo um grupo de três caras, separados do resto. Uma caminhonete está estacionada na areia e eles estão reunidos em torno dele.

— O nome dele era Eli ou Elias alguma coisa. — Evita ri de novo e levanta os ombros, fingindo que esqueceu seu nome. Ela é cara de pau e eu nunca estive mais orgulhosa.

— Elias Martinez convidou você? — Ayda se anima com a informação, inclinando-se para frente em seu assento. — Elias é praticamente o mais calado do grupo. Eu nem sabia que ele sabia falar com garotas.

Eu rio.

— Bem, essa é a Evita. Ela os atrai.

— Estou impressionada. — Ayda bate seu copo no nosso enquanto Evita sorri.

— Quem são suas amigas, pequena Hamilton? — uma voz profunda pergunta atrás de nós. Minha cabeça gira e meu queixo cai aberto. Eu tinha visto fotos espontâneas de Dean Osborne, mas vê-lo de perto e pessoalmente, não há comparação. Abaixo os cílios e observo tudo sobre ele. Alto e completamente sarado, ele está parado diante de nós com o peito nu e apenas um par de jeans pendurado em seus quadris.

— Algumas amigas novas. — Ayda dá de ombros. — Não são fãs. Esta é Evita e sua prima, Scarlet.

— Oi — digo, balançando a cabeça, tentando parecer legal e desinteressada ao mesmo tempo. Não quero dar a esses caras uma impressão errada. Evita acena com a mão e sorri, ao mesmo tempo que olha visivelmente o homem de cima a baixo. Um sorriso completo cruza os lábios de Dean enquanto seus olhos dançam entre nós.

— Vocês, damas, deveriam vir e se juntar a nós então. — Ele acena com a cabeça na direção do grupo solitário de rapazes. — Além disso, Sam estava procurando por você, Ayd.

Ela revira os olhos.

— Ele está sempre procurando por mim. Para onde ele honestamente pensa que irei desaparecer?

— Você sabe como ele é — diz Dean, como se o irmão de Ayda fosse sempre protetor com ela. Uma pontada de ciúme atinge meu estômago antes de desaparecer rapidamente. Eu daria qualquer coisa para ter um irmão. Então, novamente, eu não desejaria meu pai a ninguém.

— Estaremos lá em um minuto —, ela diz e agita o pulso, para que ele vá embora.

Dean entende a dica e começa a caminhar em direção a seus amigos. Estou ansiosa para seguir agora. A consciência de que Trent está tão perto está me fazendo estremecer. Tomo um pequeno gole da minha bebida para me ajudar a manter o foco.

— Seu irmão é do tipo protetor, hein? — Evita pergunta, continuando a conversa.

— Meio-irmão — Ayda responde, automaticamente. Mesmo na luz fraca do fogo, posso ver suas bochechas ficarem vermelhas. — Nossos pais se casaram no ano passado e decidiram que queriam viajar o mundo de jatinho. Eu fico com Sam quando posso, mas ele sai muito.

— Parece difícil — eu digo baixinho, e ela sorri para mim suavemente. — Não tenho irmãos, mas acho que também os protegeria.

Ayda suspira.

— Se ao menos ele fosse razoável. Suas regras são mais rígidas do que as da minha mãe. — Seus olhos rolam e nós rimos.

— Ayd!

Nossas cabeças se erguem para ver um dos caras parado a poucos metros dos outros e acenando para ela.

— Acho que é melhor nos movermos antes que Sam tenha um derrame. — Ela bufa, enquanto se levanta e agarra o cobertor e a cadeira.

Evita e eu a deixamos assumir a liderança. Juntas, cruzamos a areia em direção ao cara que segura minha liberdade em suas mãos, embora ele não tenha ideia. Um nervosismo que nunca senti antes percorre minha espinha e abala minha confiança. Meus passos vacilam. Respiro fundo, inspiro e expiro, lembrando a mim mesma que fiz missões mais perigosas do que esta nos últimos três anos. Eu olhei a morte nos olhos e lutei para não estar em menor número e quebrada.

— Onde você esteve? — a voz de um cara pergunta quando estamos perto o suficiente, e posso sentir as chamas de sua pequena fogueira particular. A sobrancelha de Ayda se franze, e presumo que este seja Sam.

— Por aí com as minhas novas amigas. Da última vez que verifiquei, não precisava estar perto de você vinte e quatro horas por dia, sete dias por semana.

— Estou apenas tomando conta de você, Ayd. Essas festas podem ficar loucas — Sam responde, seus olhos se voltando para a outra multidão próxima. Esta é a festa de praia mais tranquila que já estive. Isso e qualquer pessoa com olhos pode ver a maneira possessiva com que Sam está observando Ayd, não de uma forma fraternal. Luto contra a vontade de sorrir. Virando a cabeça, olho para cima e encontro um par de olhos azuis profundos já em mim. Sustento seu olhar. Seus lábios se curvaram como se ele pudesse ler meus pensamentos e estivéssemos de acordo.

Não consigo desviar o olhar do dele. A imagem da câmera de vigilância não faz jus a ele. O cabelo castanho arenoso de Trent é mais longo no topo, mechas caindo sobre sua testa, enquanto as laterais são cortadas curtas. Seu olhar parece penetrar minha alma, causando arrepios em meus braços e pernas. Meus olhos observam suas maçãs do rosto fortes, sua mandíbula quadrada e lábios carnudos e rosados que agora estão sorrindo para mim. Algo muda em meu peito e levanto o queixo em resposta, deixando-o saber que não me importo que ele saiba que estou verificando cada característica em seu estúpido rosto bonito.

— Quem são suas amigas, Ayd? — Trent pergunta, e estou tão despreparada para ouvir sua voz rouca quanto estava para vê-lo de perto. Ele tem a mistura perfeita do rosto de um bom garoto americano com o corpo de um rebelde com tatuagens pintadas sobre a pele bronzeada, dando-lhe um toque de malícia. O calor gira em meu intestino enquanto seus olhos correm sobre mim.

— Esta é Evi, a garota de quem falei — Elias responde, seu braço envolvendo minha prima. Sinto que os olhos de todos pousam em mim em seguida e ainda não olhei para ninguém além de Trent.

— Scarlet — digo a ele, e vejo a maneira como seu peito sobe e desce com a informação.

— Eu sou Trent, meninas, é um prazer conhecê-las — ele finalmente diz, antes de olhar além de mim para minha prima, lançando-lhe um sorriso de parar o coração.

— Igualmente, Trent — Evi responde, levantando seu copo em uma saudação debochada antes de voltar sua atenção para Elias.

A conversa ao nosso redor continua, mas ainda estou paralisada. Repreendendo-me mentalmente, viro-me para o fogo, um braço envolvendo minha cintura enquanto o outro leva minha bebida aos lábios.

— Você pode sentar aqui, se não quiser ficar de pé. — Ouço sua voz, e há um pequeno puxão na manga da minha jaqueta. Minha cabeça se vira para ele e eu aceno antes de pisar na porta traseira do caminhão. Colocando a bebida na mesa, eu me levanto, orgulhosa de mim mesma por ao menos conseguir fazer isso graciosamente.

— Obrigada — murmuro, meu cabelo caindo no rosto e formando uma cortina em torno dele.

Secretamente, estou planejando todas as maneiras de explicar ao meu pai por que isso é uma má ideia. Talvez Evita e todos os outros estivessem certos e eu não possa enfrentar caras da minha idade que não estejam ativamente tentando me matar. Todos os ensinamentos de suas habilidades de sobrevivência não funcionam com meus hormônios adolescentes.

— Você é daqui? — pergunta Trent.

Olho para cima e percebo que ele está mais perto de mim, seu corpo virado em minha direção, interessado no que tenho a dizer.

— Não. — Balancei a cabeça. — Só estou na cidade para a corrida esta noite.

— O que você achou?

— Foi boa. — Eu encolho meus ombros, um pequeno sorriso puxando meus lábios. — Você estava okay.

— Ai! — Ele agarra o peito fingindo dor. — Isso dói, Scar. — Scar. Ninguém nunca encurtou meu nome dessa forma antes. Lettie, sim, nunca Scar. Eu gosto do jeito que soa. Poderoso, perigoso e um pouco brutal. Todas as coisas subjacentes sobre mim que ninguém realmente sabe.

— Você é uma grande fã de corridas, então? — ele pergunta, antes de levar uma garrafa de água aos lábios e tomar um gole.

— Eu não posso dizer nada sobre "grande" — digo, a honestidade apenas puxando seu caminho para fora da minha boca. — Só queríamos dar uma olhada enquanto estamos na cidade.

— Viagem de garotas?

— Algo assim. — Sorrio. — É mais como um último grito antes da faculdade e da vida.

— Entendo vocês. — Ele acena. — Onde você está planejando ir neste outono?

Eu inclino minha cabeça, contemplando.

— Não tenho certeza. Fui aceita na USC em LA, mas também na Universidade do Estado de Washington. Então eu fiquei realmente fora de mim e me inscrevi na NYU. Ainda estou decidindo onde quero estar, acho.

Trent continua a acenar com a cabeça pensativamente.

— Faça o que te deixa mais assustada. Pelo que ouvi, é quando você está com mais medo, ou fora do lugar, que as pessoas geralmente se sentem em casa.

Meu olhar vagueia sobre seu rosto e me pergunto se ele está falando por experiência própria. Ele ficou com medo quando trabalhou contra meu pai? Ou quando quase perdeu a carreira de piloto ao ser preso? NYU é a opção mais assustadora para mim agora porque me deixa o mais longe possível de meu pai. Porém, no final, isso é tudo que eu quero.

Meu coração dá um puxão no meu peito, ouvindo-o falar. Quase não notamos ninguém ao nosso redor, estamos envolvidos em nossas próprias histórias e brincadeiras. Meu cérebro implora para eu sair e esquecer essa missão, enquanto meu instinto me diz para ficar e absorver este momento. Cada veia do meu corpo começa a zumbir em sua presença de uma maneira que nunca senti antes. O desejo de conhecê-lo e querer coisas dele gira em torno de mim. Cada chama dançando em seus olhos, cada mergulho de sua covinha quando ele sorri e cada risada profunda em seu peito me chamam. É um lindo sonho e não quero acordar. Permito-me ignorar minha responsabilidade e ter apenas dezoito anos, conversando com um homem lindo e rindo sem me preocupar se vou ser punida.

Não percebo quando todos saem e se dirigem para o bangalô. Não sinto frio quando o fogo se transforma em brasas.

— Já está clareando — diz Trent, olhando em volta de repente.

— Não acredito que conversamos a noite toda. — Balanço a cabeça em descrença, meus lábios sorrindo suavemente. — Você vai estar tão cansado hoje.

Seus ombros fortes se erguem sob sua camiseta.

— Estou acostumado com isso. Vou dormir por algumas horas e ficarei bem.

— Bom — digo a ele, antes de pular para fora da porta traseira. Meus dedos do pé formigam com o sangue correndo de volta para eles. — Eu provavelmente deveria encontrar Evi e tentar levá-la de volta para o hotel comigo.

Trent me observa, pensativo.

— Vocês duas deveriam apenas ficar aqui. Ayda tem um sofá extra em seu quarto.

Meus olhos percorrem a praia deserta e voltam para a caminhonete.

— Você vem?

Ele sorri, pula e vem em minha direção.

— Eu irei com você.

Caminhamos em silêncio enquanto marchamos pela areia e voltamos para a casa. Minha mente dança através de nossas conversas enquanto a energia incendeia minhas veias. Quando chegamos à porta de vidro deslizante, ele estende a mão, me impedindo de entrar.

— O que você vai fazer esta noite?

Minha sobrancelha levanta.

— Eu ainda não tenho certeza. Seja o que for que Evi planejou — eu respondo e imediatamente odeio que seja uma mentira. Originalmente tínhamos planejado estar na corrida novamente, caso o perdêssemos esta noite.

— Venha para a corrida de novo — ele me diz, sua mão deslizando para fora da maçaneta da porta e fechando-se em torno do meu pulso, antes de envolver minha mão na dele. — Vou deixar para você e Evi um ingresso e um passe para os boxes no portão da frente.

— Tem certeza? — pergunto, nervosamente mordendo meu lábio.

Ele acena com a cabeça, antes de se inclinar ligeiramente até que seu rosto esteja no nível do meu. Eu me encolho um pouco, um pequeno suspiro em meus lábios. Seu sorriso cresce antes que ele se incline e coloque um beijo suave na minha bochecha.

— O quarto de Ayda fica no segundo andar, última porta à esquerda. Boa noite, Scar.

Estou congelada do lado de fora da porta enquanto ele entra. Através da cortina transparente soprando ao meu redor no ar salgado, vejo suas costas recuarem pelo corredor. Meus dedos tocam suavemente a pele da minha bochecha que ainda formiga com seu beijo. Seu cheiro permanece no ar, junto com leves traços de fumaça de fogueira. Atordoada, vou até o quarto de Ayda e noto que ela deixou um colchão inflável e cobertores para mim. O gesto é amigável e quase familiar, algo com o qual não estou completamente familiarizada. Olho em volta e percebo que Evita não está aqui. Eu sorrio, sabendo exatamente de quem ela está provavelmente compartilhando a cama. No escuro, posso finalmente admitir para mim mesma que esta noite não foi o que pensei que seria. Trent não é quem eu esperava que fosse e isso me apavora.

CAPÍTULO 6

TRENT

Os caras e eu chegamos uma hora mais cedo e estamos relaxando, nos alongando e nos preparando para as corridas de hoje. Os melhores colocados nesta série avançam na próxima semana para as competições nacionais na Califórnia. Não estou louco para ir para o meu estado natal, dada a história lá, mas estou determinado a reivindicar uma vaga no Nacional. Se nos sairmos bem na Califórnia, chegaremos ao Colorado, onde estará o grande dinheiro, bem como o título que a equipe AfterHours está atrás. Vencer no Colorado significará cobertura da mídia e possivelmente mais patrocínios.

Mesmo nos túneis subterrâneos, o barulho da multidão acima de nós é ensurdecedor. A segunda noite das corridas é sempre um pouco mais barulhenta e mais caótica. Pessoas que não conseguiram tirar a sexta-feira de folga do trabalho agora estão aqui, pois é fim de semana. As bebidas estão fluindo desde as onze da manhã, quando o portão se abriu, e o sol da Flórida já está batendo em todos. Eu não menti para Scarlet sobre precisar apenas de algumas horas de sono para me recompor. Juro que minha cabeça bateu no travesseiro e, antes que eu percebesse, Sam estava me puxando para fora da cama e resmungando que precisávamos tomar banho e ir embora.

Scarlet. Meus joelhos começam a pular só de pensar nela. Parece que ela e sua prima apareceram do nada na noite passada. Eu sabia que Elias conheceu uma garota depois das corridas e ele admitiu que a convidou para ir à praia. Eu não me importava, porque ele realmente fazer planos era uma surpresa por si só. De todos nós, Elias costuma ser reservado, não mexe com as Marias Capacetes e é menos focado em relacionamentos. Ao contrário de Sam, que não consegue admitir para si mesmo como se sente e muitas vezes comete erros por ficar com as Marias Capacetes, apenas para isso explodir em sua cara mais tarde, já que ele está movendo Ayda por todo o país para ficar conosco.

 A última coisa que eu esperava na noite passada era estar completamente envolvido por uma garota que acabei de conhecer. No minuto em que ela deu um passo ao meu lado, timidamente colocando seu longo cabelo preto atrás da orelha, e sorrindo, senti algo explodir dentro do meu peito. Eu tinha que estar mais perto dela, precisava falar com ela e ouvir cada pensamento que se passava em sua cabeça. Senti seu suave aroma de baunilha e coco, passei meus olhos em cada arco de suas sobrancelhas cheias, a inclinação de seu nariz e os lábios carnudos e escuros que estavam me chamando. Cada sorriso que ela deu agora está trancado em minha mente. Eu não tinha percebido quando todos entraram. Não me lembro das estrelas desaparecendo, só que no momento em que olhei para qualquer outro lugar, exceto para ela, o céu estava cinza-claro e nuvens rosa estavam no horizonte.

 Pela centésima vez desde que saí da casa de praia esta manhã, olho para o meu telefone. Antes de sair, deixei meu número em um pedaço de papel para ela. As meninas ainda estavam dormindo quando saímos pela porta. Acho que esperava que ela me desejasse sorte ou algo assim? Eu corro as mãos pelo cabelo, bagunçando ainda mais do que o normal. Depois de deixar minha mochila, corri de volta para a entrada e deixei um envelope com Joey, que tinha os passes e ingressos antecipados para as meninas como eu disse a Scarlet que faria. Agora, a julgar pela falta de mensagens, estou me perguntando se talvez ela não quisesse estar aqui hoje. Talvez eu seja um idiota.

 — Cinco minutos! — nosso chefe de equipe grita no vestiário. Eu me levanto e prendo minhas calças mais apertadas em volta dos meus quadris e coloco minha camiseta. Visto minha camisa de corrida em seguida, antes de enfiar as luvas no bolso de trás e pegar meu capacete e óculos de proteção.

 No último minuto, puxo meus AirPods e os coloco na minha bolsa, saltando em meus pés para fazer o sangue fluir. Sinto o pico de adrenalina em minhas veias e flexiono as mãos, preparando-as para segurar o guidão. Correr não está apenas no meu sangue, é parte de quem eu sou. O esporte me salvou de certa forma e me deu um motivo para lutar.

 — As garotas acabaram de chegar — Sam diz, quase para si mesmo, checando seu telefone uma última vez.

Minha cabeça se vira para ele.

— Garotas?

— Sim, Ayda, Evi e Scarlet acabaram de chegar aqui. Ela acabou de me mandar uma mensagem. Elas estão agradecendo pelos passes melhorados. — Sam acena para mim, antes de colocar seu telefone no armário.

A sala fica quieta enquanto meu cérebro filtra tudo o que ele disse. Scarlet está aqui. Ela queria vir. De repente tudo se acelera ao meu redor e uma nova onda de energia bombeia pelo meu corpo. Estou pronto para sair. Nosso chefe de equipe bate na porta e todos nós nos cumprimentamos ao sair.

Saltando na minha moto, acelero e saímos para a pista. A multidão ruge enquanto *Survival*, do Eminem, explode nos alto-falantes e nós pilotamos ao redor, sentindo a música do dia. Dirijo ao redor da terra, observo o barulho, onde parece mais fraco e o *hardpack*, onde pode ficar escorregadio se a terra estiver solta. Vejo as novas posições das bandeiras e meço o salto duplo e o outro lado da pista onde está o *tabletop*. Em minha mente, visualizo as manobras que posso fazer antes de ir para os boxes. Parece que tudo na minha moto está programado. Puxo meus óculos de proteção e examino a área acima de nós, até que meu olhar pousa na garota que não consigo parar de pensar.

Em menos de vinte e quatro horas, Scarlet está consumindo meus pensamentos. Eu a avisto, parada com Ayda e Evie. Seu short jeans rasgado é curto, expondo cada centímetro de suas pernas bronzeadas, parecendo ter quilômetros de comprimento, apesar de sua baixa estatura, que eu nem percebi até entrarmos na noite passada. Com meus 1.90 de altura, sua cabeça quase roça meu peito. Meus lábios se contraem só de pensar nisso. Seu longo cabelo escuro está preso em um rabo de cavalo e óculos de sol pretos descansam em sua cabeça. Acho que a parte que mais me impressiona é seu top preto, com uma rosa vermelha que diz *Não Busco Aprovação*. Eu olho para cima e meu olhar colide com o seu, castanho. Ela sorri e acena com a mão ao lado do corpo. Meus olhos devoram o leve rubor em suas bochechas e a forma como seu lábio inferior cheio mergulha sob os dentes. Droga, essa garota...

É quase doloroso tirar os olhos dela, mas preciso da minha cabeça na corrida. Muitas coisas dependem de como eu me saio e minha classificação. Preciso ir para Cali para avançar para o Colorado. Podemos estar pensando muito à frente, mas sei que Dean já reservou uma casa para nós fora de San Diego. Na verdade, essa deve ser minha motivação. Pego todos os sentimentos que Scarlet está mexendo dentro de mim e os canalizo para abastecer minha adrenalina.

Seguimos para o portão de largada e nos preparamos para a corrida. Tudo em meu sangue zumbe junto com o motor da moto; deixo minha mente se perder e me concentrar na linha, o caminho que quero seguir. Como um touro no ringue, meu olhar se fixa na bandeira quadriculada em preto e branco. Saio voando rápido, ouvindo o lindo som do meu motor de dois tempos. Braap! *We Own It*, de 2 Chains e Wiz Khalifa, toca ao fundo enquanto eu sobrevoo o salto duplo e faço um Can-Can. A multidão engole, e em pouco tempo, estou liderando. Meu corpo é leve e cada movimento que faço parece fácil. Posso imaginar a vitória em minha mente e me esforço para continuar.

— Aquilo foi tão legal! — Evi diz, novamente, suas bochechas coradas, enquanto Scarlet sorri para ela. As meninas tomaram alguns drinques durante o dia e eu balanço a cabeça. Não pediram nem que elas apresentassem a identidade, ainda mais usando nosso passe livre. Ninguém nem pensou duas vezes sobre isso. As bochechas de Scarlet estão meio rosadas, mas seus olhos estão alertas. Elias, Dean, Sam e Ayda riem com ela e continuam falando sobre as corridas. Depois de todo o dia de corrida, a AfterHours está em posição de avançar para a Califórnia. Fiquei em primeiro lugar no geral. Alguns dos outros competidores reclamaram da nossa vitória. Acho que é uma merda ser um merda. Tudo o que consigo imaginar é o prêmio em dinheiro para mais peças de moto e a conquista do título para nossos patrocinadores.

Olho de soslaio para Scarlet, que está parada ao meu lado, com os braços cruzados frouxamente na frente dela. Pensar em estar na estrada no próximo mês está começando a me parecer solitário. Parte de mim quer ver aonde essa coisa entre nós pode ir, enquanto outra parte grita que estou louco. Acabei de conhecer essa garota. E embora eu sinta uma conexão insana com ela, ela está planejando ir para a faculdade e eu estou planejando uma carreira que me mantém ocupado a maior parte do ano. Entretanto poderíamos ter um verão incrível...

— O que você achou? — pergunto a ela, me abaixando, mantendo nossa conversa entre nós.

Ela olha para mim, e eu não perco a maneira como seus olhos se arregalam, a cor de café derretendo.

— Estou pasma. É emocionante assistir. Não consigo imaginar como deve ser a sensação de andar de moto.

— É intenso — respondo, segurando seu olhar. — Eu posso te levar ao redor da pista algum dia, se você quiser.

Ela inala.

— Ok.

Meus olhos caem para seus lábios, em seguida, de volta para seus olhos, percebendo quando seu queixo se inclina para cima, quase como um desafio. Antes que eu possa adivinhar o que estou prestes a dizer, as palavras saem da minha boca:

— O que você fará esta semana? Por que você não vem para a Califórnia conosco? Conhece a área. Se está pensando em ir para a USC, não é muito longe.

Seu olhar desce, sua cabeça vira para o lado. Vejo seus dentes mordendo o interior de sua bochecha, considerando. Quero continuar falando, persuadindo-a, querendo que ela sinta o mesmo que eu, então saberei que não sou louco. Acabei de conhecê-la, mas sair agora parece um erro se ela não estiver comigo. Talvez as coisas fracassem em algumas semanas, não sei. Porém, algo no fundo da minha alma está gritando para não deixar essa garota ir. Seu olhar se levanta e pousa em sua prima em seguida.

— Por que todas vocês, meninas, não vêm conosco esta semana para a Califórnia? — anuncio, alto o suficiente para que todos possam ouvir. As conversas se encerram e sinto que todos estão olhando para nós. Eu tenho a atenção deles e sorrio. — Scarlet pode dar uma olhada no *campus* que ela está interessada. Ayd, eu sei que você está morrendo de vontade de ir ao zoológico de lá. Podem ser férias divertidas.

— A casa é grande o suficiente. — Dean dá de ombros, seus olhos passando rapidamente por mim e Sam, cujo rosto está ficando um pouco mais pálido, mas eu atribuo isso ao fato de que ele teria que passar mais tempo com Ayda e ele está sendo um covarde.

— Minha mãe e Theo não vão voltar até a semana que vem, de qualquer maneira — diz Ayda, com um enorme sorriso nos lábios. Eu sabia que ela estava louca para ver uma faculdade e o zoológico. É seu último ano do ensino médio neste outono.

Evi parece hesitante, seus olhos mudando de Elias para Scarlet.

— O que você acha, prima?

A cabeça de Scarlet vira na direção de Evi, algo passando entre elas e, por um segundo, meu coração para, pensando que ela vai rejeitar a ideia.

— Temos um verão inteiro, certo? Por que não dedicar algum tempo para conhecer Cali?

A tensão em meus ombros diminui e eu coloco um braço em volta de Scarlet, puxando-a para o meu corpo até que posso sentir o cheiro de coco em seu cabelo. Mesmo com nossa diferença de altura, suas curvas se moldam perfeitamente ao meu lado.

— Praia hoje à noite? Então pegamos a estrada amanhã cedo para que possamos ter alguns dias lá antes da próxima série?

— Parece um bom plano, mano — Elias concorda e bate o punho no meu.

Dean pega seu celular e confirma nossa reserva de aluguel da casa. Todo mundo começa a falar e fazer planos. Mantenho Scarlet ancorada ao meu lado e, depois de alguns momentos, sinto seu corpo relaxar completamente no meu. Ela pega uma cerveja da prima, que a tira da bolsa. Poucos minutos depois, ela puxa o telefone e eu a vejo digitar "indo para a Califórnia" para o seu pai, antes de colocá-lo de volta no bolso. Espero que ele não se importe. Só consigo pensar em todas as maneiras de mantê-la para mim nos próximos dias.

— Seus pais ficarão bravos? — pergunto baixinho, acenando para o seu telefone, quando seus olhos se fixam nos meus.

Ela pisca duas vezes, seu rosto suavizando.

— Somos apenas eu e meu pai. Minha mãe morreu quando eu era pequena. Ele não vai se importar. Ele me deu este tempo para ver onde eu quero pousar antes de tomar minha decisão.

— Parece um cara legal — respondo, sem saber se deixaria qualquer filha minha pular de um estado para outro. Talvez ele não esteja muito envolvido.

Scarlet bufa.

— Ele realmente não se importa com o que eu faço, contanto que não o afete.

Não está muito envolvido então.

— Idiota. Eu quis dizer que ele parece um idiota.

Ela ri, inclinando a cabeça para trás e me sinto melhor quando o sorriso volta aos seus lábios.

— Ele realmente é.

Quando as luzes do estádio oficialmente desligam durante a noite, saímos do estacionamento e seguimos para a casa de praia. Evi e Scarlet voltam ao hotel para pegar suas coisas e prometem nos encontrar pela manhã. Saber que ela não estará perto de mim esta noite está me deixando inquieto. Todos os caras vão para a cama, enquanto eu olho para fora da porta do pátio. Uma pequena multidão está lá fora esta noite com algumas fogueiras acontecendo. Sinto vontade de participar, mesmo quando sei que não deveria. É uma longa viagem até a Califórnia a partir daqui e, mesmo revezando ao volante, ajuda estar descansado. Suspirando, desisto e vou para o meu quarto. Assim que minhas costas tocam o colchão, sei que tomei a decisão certa. Puxando meu telefone do bolso, pego o número de Scarlet. Toca três vezes antes de ela atender, com a voz rouca:

— Alô.

— Oi — respondo, um sorriso curvando meus lábios, apenas por ouvi-la. — O que você está fazendo?

Ela ri baixinho.

— Deitada na cama, dormindo. Eu tenho um grande dia amanhã.

— Você está feliz por ter tomado a decisão de vir?

— Sim. Você está feliz por eu ir junto? — ela retruca, e eu rio.

— Estou. Eu não estava pronto para deixar você ir — eu digo a ela honestamente.

Ouço sua respiração.

— Você me deve uma carona na moto agora — ela diz depois de alguns segundos, e eu sorrio.

— Sem problemas, baby. Ei, sinto muito pela sua mãe. Eu não sabia. Sinto muito se você ficou triste quando toquei no assunto — eu digo, minha voz baixando.

— Foi há muito tempo — ela responde, com a voz suave. — Obrigada, mesmo assim.

Um silêncio confortável se instala entre nós e finalmente me sinto cansado o suficiente para dormir.

— Vejo você de manhã?

— Eu estarei lá — promete.

— Boa noite, Scar.

— Boa noite, Trent — responde e seu telefone é desligado.

Coloco meu celular na mesa de cabeceira e deito com as mãos cruzadas atrás da cabeça. Novos objetivos: ficar entre os três primeiros na próxima série, vencer as competições nacionais e manter Scarlet comigo o máximo que puder.

CAPÍTULO 7

SCARLET

> Pai: Faça o que for necessário.

Essa foi a resposta dele à minha mensagem sobre ir para a Califórnia. Eu não estava mentindo para Trent quando disse que meu pai não se importa com o que eu faço ou para onde vou, contanto que eu ainda esteja pendurada em suas cordas como uma boa marionete. Isso faz meu estômago embrulhar, sabendo que ele literalmente me deixaria fazer o que fosse necessário para ter sua vingança. Eu endureci meu próprio coração contra ele há muito tempo, mas agora quase o odeio.

— Você tem certeza disso, Scarlet? — Evita pergunta, parando na porta do nosso hotel. Acordamos cedo para encontrá-los em sua casa de praia para quando quisessem ir embora. Nossas malas estão prontas e estou carregando um pouco de dinheiro extra na bolsa, se precisarmos.

Meus olhos encontram os dela e, enquanto suas palavras soam como um aviso, eu posso realmente ver a emoção escrita em seu rosto. Evita precisa do meu incentivo tanto quanto eu preciso do dela. Não é apenas minha última chance de liberdade; este verão também é sua última oportunidade de voar antes de ser algemada a uma gaiola.

— A gente consegue — digo a ela, balançando a cabeça.

— Não é loucura estarmos seguindo meninos por todo o país?

— Bem, é o meu trabalho — eu a lembro, mantendo minha voz leve quando ela franze a testa. — Não. Acho que devemos pegar esses meses e viver ao máximo. Podemos nunca mais ter essa oportunidade novamente.

No fundo do meu ser, sei que isso é verdade. Mesmo se eu estiver livre para frequentar a faculdade, ainda estarei olhando por cima do ombro, esperando o inevitável. Sempre tentar ficar dez passos à frente de meu pai é exaustivo. A única maneira de escapar completamente de seu controle é desaparecer depois da faculdade e usar meu diploma para começar uma nova vida.

Evita pondera minhas palavras em sua cabeça, contemplando tudo de todos os ângulos, como sempre faz. Ela pode assumir o risco, mas isso não significa que não pesa os prós e os contras de antemão.

— Vamos fazer isso.

Eu a sigo até o carro onde colocamos nossas coisas e dirigimos por meia hora até Clearwater para encontrar os meninos e Ayda. Durante toda a viagem, meu coração bate forte no peito, até que parece que está subindo pela garganta. Estou nervosa de novo e não gosto disso. Continuo tentando dizer a mim mesma que é como qualquer outro trabalho. Trent pode ser charmoso, mas eu realmente só o conheço há alguns dias. Ainda dá tempo de ver um atleta babaca *surgir*. Ele pode parecer inocente, mas deve haver um motivo pelo qual estava trabalhando para o promotor quando se envolveu com meu pai. Se eu procurar bem a fundo, pergunto-me se vou encontrar um viciado em drogas em seu passado. Ele era um infiltrado o tempo todo ou se tornou um para salvar a própria bunda? Todas essas perguntas queimam em minha mente porque entram em conflito com o que estou vendo de Trent agora. Odeio que, em questão de dois dias, eu me tornei obcecada por ele. Quero seus olhos de oceano em mim; quero ser puxada para o lado dele, sentir seu corpo sólido como uma rocha contra o meu. Nunca me senti assim antes, e certamente não por um alvo.

Evita e eu ficamos em silêncio a maior parte do trajeto e, quando chegamos em casa, eles estão todos do lado de fora, carregando a bagagem no jipe amarelo e na caminhonete azul-escura de Trent. Meus olhos se arregalam quando vejo o trailer que ele está puxando atrás de si com uma moto e uma moto esportiva preta fosca.

— Prontas, moças? — Elias chama, correndo até nós.

— Sim! — Evita exclama, seus olhos dançando quando ela olha para Elias. — Vamos indo.

Estou prestes a voltar para o carro quando Trent vem correndo em nossa direção. Eu mal tenho tempo para apreciar a forma como seu short de basquete vermelho descansa em seus quadris ou a forma como sua camiseta cinza se estende sobre seu peito largo antes de ele estar bem na minha frente, me levantando do chão. Seus braços musculosos envolvem minhas pernas, enquanto ele me carrega em direção a sua caminhonete. — Scar vai viajar comigo!

Minhas mãos pousam em seus ombros e luto contra a vontade de não sorrir. Encontro o olhar de Evita, enviando-lhe um olhar de desculpas, apenas para encontrá-la rindo enquanto Elias a ajuda a sentar no banco do passageiro de seu carro. Trent me leva até a porta e me coloca no assento. Ele sorri e pisca antes de correr para o outro lado. É contagiante e, antes que perceba, também estou sorrindo, acomodando-me no assento e afivelando o cinto de segurança.

Trent entra e conecta seu telefone ao Bluetooth antes de sairmos do meio-fio. O sol mal apareceu no horizonte quando chegamos à rodovia.

— Vamos dirigir até chegar ao Texas, passar a noite e terminar a viagem no dia seguinte — ele me diz, olhando para avaliar minha perspectiva.

— Parece bom — digo a ele, balançando a cabeça.

— Aqui. — Ele me entrega seu telefone. — Vá em frente e escolha um pouco de música.

Uma risadinha escapa dos meus lábios.

— Você não vai gostar do que eu gosto — digo a ele, devolvendo-lhe o telefone.

Trent me olha de novo, a curiosidade estampada no fundo dos olhos.

— Por que você acha isso?

— Minha mãe era do México. Cresci ouvindo música latina e Tejano[1]. Além disso, estou obcecada por Halsey, então de vez em quando coloco algumas de suas músicas na *playlist* — explico a ele, observando sua reação.

Seus lábios se contraem em um sorriso antes que ele jogue o telefone no meu colo.

— Temos treze longas horas para que eu passe a gostar da sua música, Scar. Eu também gosto de Halsey.

Um pouco chocada, fico olhando para ele até que ele olha na minha direção novamente e ri. Sua mão sobe e ele aperta levemente a ponta do meu queixo entre os dedos.

— Você pediu por isso.

— Surpreenda-me — dispara de volta, antes de deslizar os óculos de sol sobre os olhos e abrir uma janela. Seus cabelos esvoaçam com a brisa enquanto ele os penteava com os dedos.

---

1 É um estilo de música popular que combina influências mexicanas e americanas.

Sem pensar duas vezes, aperto o play em *Tabú*, de Pablo Alborán e Ava Max. Trent mantém uma mão no volante enquanto a outra procura a minha. Eu me assusto quando seu aperto quente segura a minha mão e relaxo novamente quando seu polegar a acaricia. Borboletas explodem em meu estômago antes de voarem por todo o resto do meu corpo. Quase fico tonta com as sensações.

Fiel à sua palavra, Trent escuta todas as minhas escolhas de músicas durante todo o trajeto. Todos nós paramos apenas uma vez para esticar as pernas, pegar um pouco de comida e trocar de motorista. Menos Trent, que volta para trás do volante e eu rolo meus olhos.

— Você sabe que eu posso dirigir a caminhonete, certo?

Ele encolhe os ombros.

— Não tenho dúvidas, mas o trailer atrás de mim tem uma carga preciosa. Sou um pouco protetor.

Eu rio. Mal ele sabe que eu poderia dirigir em marcha à ré puxando o trailer e ainda assim chegaríamos ao nosso destino a tempo.

— Você não está cansado?

Seus olhos encontram os meus e ele agarra minha mão novamente.

— Falar com você não me cansa. Continue me falando a seu respeito.

Conto a ele sobre minha mãe, sobre crescer no México, deixando tudo em relação ao meu treinamento e meu pai fora da conversa. Conversamos sobre sua família; embora eu já saiba o básico, ainda é bom ouvir como ele fala sobre eles. Trent ama sua mãe e seu pai e eles apoiam sua escolha de carreira. Quando podem, dependendo do horário escolar de seu irmão mais novo, voam para suas corridas e passam um tempo com ele. A maneira como Trent fala sobre eles quase me deixa com ciúmes. Ele os ama e é óbvio que eles o amam também. Nossas vidas são tão diferentes. Conto a ele sobre meu amor por sorvete de menta, mas ele não entende, porque gosta mais de massa de bolo. Expresso meu amor pela escrita e também como quero me formar em medicina ou química.

A cabeça de Trent oscila para o lado.

— Você realmente gosta de matemática e ciências?

Eu encolho os ombros.

— Sim, é interessante e há muito mais a ser descoberto. Isso muda o tempo todo.

— Uau — ele diz, rindo. — Acho que você é a única pessoa que conheço que realmente diz isso. Eu sou péssimo em ambos. Passei pelo ensino médio, então acabou. — Eu rio de como ele parece horrorizado.

— Diga algo que eu não esperaria de você — diz ele, olhando para mim de lado.

Sinto o sorriso sumir dos meus lábios. Meu cérebro sugere que eu minta para continuar cobrindo meus rastros, enquanto meu instinto me diz para dar algo direto a ele. Já estou tão envolvida e o pior é que quanto mais tempo passo com Trent, mais difícil é não gostar dele. Cada vez que espero alguma resposta superficial sua, ele me surpreende.

Antes que eu possa me conter, acabo ouvindo meu coração e dou a ele uma das minhas verdades:

— Tecnicamente, tenho o título de atiradora de precisão de maior alcance.

— Por que você diz tecnicamente? — Ele ri.

— Porque eu não estava realmente no concurso, eu apenas sabia a pontuação e criava meus próprios alvos no meu quintal — respondo.

— Senhoras e senhores, ela é sinistra — brinca Trent, e eu solto sua mão de brincadeira. Ele pega de volta, como se não pudesse deixar de me tocar.

— E você? — pergunto, descansando a cabeça contra o encosto.

— Cresci perto da praia, mas tinha e ainda tenho muito medo de surfar. — Ele encolhe os ombros.

— Você faz motocross e pula no ar, deixando a moto cair embaixo de você. Como? — questiono e seu rosto fica em branco.

— Os tubarões estão no oceano — ele diz baixinho, e eu começo a rir.

O sol está se pondo quando finalmente alcançamos nossa parada no Texas. Trent segue os carros à nossa frente, enquanto paramos em uma saída de acampamento estadual.

— Acampamento? — Eu me viro para Trent, questionando.

— Já que é apenas por uma noite, Dean sempre reserva um local de acampamento para nós. Você já montou uma tenda? — Ele sorri, meus olhos estreitam.

— Apenas em situações terríveis — eu respondo, e ele ri.

— Será divertido. Posso ajudar vocês, meninas, a levantarem sua barraca, se necessário.

Todos nós saímos e os meninos puxam as tendas da caçamba da caminhonete. Eu observo fascinada enquanto eles montam uma pequena área de acampamento com tanta precisão que dá pra afirmar que eles fazem isso frequentemente. Mais uma vez, a imagem de sempre me hospedar em resorts cinco estrelas ou de estar acima de qualquer dificuldade me vem à mente e Trent me surpreende. Cada artigo de notícias que li não estava mentindo quando disseram como ele é pé no chão. Evita desliza até mim e bate no meu ombro.

— Como foi a viagem?

Por algum motivo, sinto vergonha de falar sobre isso.

— Boa.

— Scarlet! Evi! — Ayda grita, de cima de uma pequena colina. — Venham ver isso!

Evita enlaça seu braço com o meu enquanto caminhamos até Ayda. Os meninos seguem atrás de nós depois de um tempo. Ela nos conduz por um caminho até chegarmos a uma clareira com vista para um enorme lago. A cor da água quase parece turquesa ao sol poente. O céu agora está vermelho e laranja e reflete na água cristalina. A cena é de tirar o fôlego, o tipo de imagem que você só precisa ver uma vez na vida e fica com você para sempre.

— Olha para essas cores — Trent diz, parado bem atrás de mim, perto o suficiente para que sua voz vibre em seu peito, causando arrepios em meus braços.

— É lindo — eu respondo, e todos ao nosso redor parecem concordar.

Não tenho ideia de quanto tempo ficamos parados conversando, observando a natureza mudar ao nosso redor, antes que o ar começasse a ficar frio. Lentamente, todos vão embora até ficarmos só Trent e eu. Ele envolve seu braço em volta do meu ombro e me puxa para perto dele. Eu vou de boa vontade e deixo meu corpo contra o seu, absorvendo seu calor.

— Este é realmente um lugar mágico — digo baixinho. Eu me viro para Trent para que estejamos cara a cara. Suas mãos travam atrás das minhas costas, então toda a minha frente está pressionada contra a dele. Minha cabeça se inclina para trás, para que eu possa olhar para seu rosto lindo. Seus olhos azuis se aprofundam até combinarem com a cor do céu.

— Estou muito feliz por ter vindo.

Ele acena com a cabeça, suas mãos deslizando para cima até que estão embalando meu rosto.

— De onde você veio, Scarlet Reyes?

Eu sorrio, sentindo-me vulnerável sob seu olhar. Antes de eu abrir minha boca para dizer qualquer coisa, ele abaixa a cabeça e inclina meu rosto para receber seu beijo. Estrelas explodem atrás de minhas pálpebras, minhas mãos voam até sua cintura para me apoiar, enquanto Trent me beija profunda, apaixonada e possessivamente. Como se meus lábios fossem feitos para ele, arrasta sua língua ao longo da abertura, expandindo-os para ele, invadindo minha boca com sua língua. Faíscas disparam por todo o meu corpo e aquecem minha pele. Chego o mais perto que posso, pressionando-me contra ele. Um gemido escapa da minha boca, e ele se afasta, tão sem fôlego quanto eu. Puta merda. Eu nunca tive um beijo assim. Trent moveu a terra sob meus pés. Nossos olhares colidem e parece que uma chuva de meteoros explode ao nosso redor. O que eu acabei de fazer?

Eu mal consigo dormir naquela noite. Sei que o plano era me envolver com Trent e, eventualmente, encontrar algo que meu pai pudesse usar para se vingar. Agora que o beijei, tudo parecia diferente. Meu corpo está inquieto e meu coração está batendo caoticamente no peito. Quero virar as costas para meu pai, mas, ao mesmo tempo, sei que este último trabalho significa liberdade eterna, se eu conseguir realizá-lo. Não posso ser trancada por ele pelo resto da minha vida ou, pior, acabar morta. Se eu falhar, não tenho dúvidas de que meu pai não hesitaria em me vender pelo lance mais alto. Quanto mais eu provar meu valor, mais ganho um mínimo de controle sobre meu futuro.

Nos primeiros sinais do dia, nós já estamos todos prontos e arrumados para voltar para a estrada. Trent insiste em que eu vá com ele hoje também. O beijo mudou algo entre nós. O ar estala com uma tensão que me dá vontade de me contorcer na cadeira. Como se agora ele estivesse em sintonia com meus sentimentos, Trent me dá um sorriso malicioso. Mesmo por trás de seus óculos de sol, posso sentir seus olhos vagando por mim. Assim que ele entra na rodovia, coloco todas as suas músicas favoritas e, mais uma vez, ele mantém minha mão na sua, apoiando-a em sua coxa. De vez em quando, ele leva nossas mãos unidas à boca e roça seus lábios nos nós dos meus dedos.

Quando chegamos à Califórnia, meu estômago embrulha. Estou tão perto de casa e, ao mesmo tempo, a um mundo de distância. Ele não diz isso, mas sei que Trent se sente da mesma maneira. Mesmo quando falamos sobre sua família, ele evita dizer qualquer coisa sobre sua cidade natal, Araminta, ou como era sua vida lá. Eu estava morrendo de vontade de conhecer seu passado e como ele se misturou com meu pai. Raul Alverez é cruel e desprezível. Tudo o que vi e li sobre Trent me diz que ele é o oposto. Não consigo entender a pessoa que ele era e o homem sentado ao meu lado.

A casa que Dean alugou está novamente nos arredores de onde as corridas estão sendo realizadas em San Diego. É pequena, intimista e tem piscina e jacuzzi no quintal. A propriedade é linda e totalmente algo em que eu viveria todos os dias se pudesse. Procuramos escolher os quartos e Trent me olha quando Evita me puxa com ela para dividirmos um. Minhas bochechas esquentam, enquanto ele nos observa ir embora. Parte de mim se pergunta o que aconteceria se eu ficasse com ele enquanto a outra parte acredita que alguma distância é melhor.

Os meninos têm dois dias livres antes do início da série e fazemos todos os planos que podemos. Deixei Trent me levar ao *campus* da USC no primeiro dia, enquanto os outros conferiram o zoológico. Caminhamos pelo *campus* e verificamos o prédio de ciências e engenharia, onde a maioria das minhas aulas estaria localizada. Depois de algumas horas, não estou sentindo uma conexão. Não está me chamando como eu imaginei que faria.

— Estou pronta para ir quando você estiver. — Eu me viro para Trent e lhe dou um pequeno sorriso.

— Você não quer dar uma olhada nos dormitórios ou algo assim? — pergunta, sua sobrancelha arqueando.

Eu balanço minha cabeça tristemente.

— Não estou realmente pensando que este seja o escolhido. O *campus* é lindo, não me entenda mal, e o prédio é enorme, mas eu simplesmente não tenho aquela sensação de "é isso".

— Hm — ele concorda, e continuamos andando. — Nunca pensei isso sobre faculdades, eu acho.

Viro meu pescoço para olhar para ele.

— Você não olhou as faculdades?

Ele balança a cabeça.

— Não. Saí de casa no meu último ano do ensino médio e voei para a Flórida para viver o sonho do motocross. Eu já estava sendo observado e a AfterHours já havia manifestado interesse em mim. Assinei meu contrato e o resto é história.

— Você se arrepende de não ter tido a experiência? — pergunto. Trent está com vinte e um agora e facilmente poderia se formar na faculdade no próximo ano se tivesse ido.

— Eu não — diz ele, encolhendo os ombros. — Acredito firmemente que esse não é o caminho para todos. Minha vocação estava em pilotar, e estou vivendo meu sonho. Se a faculdade é o seu sonho, certifique-se de estar no *campus* dos seus sonhos. Pelo menos você pode riscar um da lista, certo?

Eu aceno em concordância, absorvendo suas palavras. Quero questioná-lo sobre isso. Não posso deixar de me perguntar se ele parou de pensar na faculdade por causa do que aconteceu. Se ele não tivesse se envolvido com meu pai, a vida de Trent seria diferente?

Saímos do *campus* e dirigimos até um shopping perto da casa que estamos alugando. Digo a Trent que é para que eu possa encontrar mais alguns tops casuais, já que estou estendendo minhas férias. Na verdade, é para que eu tenha alguns minutos para checar meu pai. Acabo comprando duas camisas novas e depois partimos. Dirigir pela cidade, com a mão de Trent na minha, parece natural. Quase posso acreditar que somos um casal de verdade que acabou de sair para fazer tarefas ou algo assim.

Quando voltamos para casa, os outros ainda não chegaram. Guardo minhas malas e encontro Trent na cozinha.

— Quer ajudar com os espetinhos?

— Claro. — Lavo minhas mãos e caminho até a área de cozinha improvisada que ele criou. Cada um de nós pega um pedaço de palito e ele me mostra como montar os espetinhos de carne e vegetais. — Quando todos estarão de volta?

— A mensagem de Sam disse que eles planejam voltar por volta das seis — diz, encolhendo os ombros.

Ajudo a limpar enquanto Trent coloca nosso trabalho finalizado na geladeira até que todos cheguem em casa mais tarde. Eles já cheiram tão bem; mal posso esperar para comê-los.

— Temos cerca de uma hora. — Trent se vira para mim. — Quer dar um mergulho?

— Sim, te encontro lá — grito, enquanto subo as escadas correndo.

Não tivemos a oportunidade para nadar desde que chegamos aqui. Em nossa primeira noite, todos entraram na jacuzzi, mas foi isso. Corro para o quarto que divido com Evita e visto meu biquíni branco favorito antes de pegar uma camiseta enorme. Visto-a por cima e vou para fora. Trent se aprontou antes e já está nadando de um lado a outro na piscina. Paro quando ele chega ao limite e seus olhos me encontram. Gotas de água escorrem de seu queixo para o peito nu, arranhando as tatuagens espalhadas por toda parte, antes de desaparecerem de volta na piscina. Seu cabelo está mais escuro por estar molhado, e ele passa a mão pela parte superior, fazendo com que pareça bagunçado e selvagem.

Minha frequência cardíaca acelera. A timidez tenta emergir e eu empurro de volta para baixo. Puxando a camiseta pela cabeça, aproveito o momento de poder que pareço ter sobre ele, seus olhos rastreando cada pedaço de pele nua que eu mostro. Quero me dar um "toca aqui" quando consigo chegar às escadas que levam à piscina, sem tropeçar em mim mesma. De alguma forma, consigo manter seu olhar, mesmo enquanto o calor está inundando meu corpo e se instalando em meu núcleo. Finalmente me dei conta de que temos a casa só para nós e que tenho emoções muito confusas a respeito disso.

Trent parece congelado no lugar, e uma vez que meu peito está submerso na água, deslizo em direção a ele. Ele ainda não tirou os olhos dos meus e a sensação em meu peito está apertando meu coração. Sinto-me hipnotizada por ele e carente. Gosto de tê-lo me observando. Amo ter algum tipo de efeito sobre ele. A água está mais fria do que eu esperava, mas não faz nada para diminuir o calor que desliza sob minha pele. Quando finalmente o alcanço, Trent sorri e me puxa contra seu peito, grunhindo com o calor da minha pele contra a dele. Minhas mãos pousam em seus ombros. Ele usa as mãos para guiar minhas pernas em volta de sua cintura para me manter à tona. Olho para baixo e percebo que ele está de pé. Droga, pessoas altas. Ele ri da expressão no meu rosto.

Levando-nos até a borda, Trent me gira para que minhas costas se apoiem na lateral da piscina. Ele parece relaxado, segurando-me ali, enquanto meu corpo balança sem peso entre seu corpo rígido e a piscina. Sua mão sobe e segura o lado do meu rosto, quase com adoração enquanto "você é linda" sai de seus lábios. Nervosa, abaixo minha cabeça antes de ser capaz de encontrar seu olhar novamente.

— Você também. — Uma risadinha escapa dos meus lábios quando ele me dá meu sorriso favorito. O efeito completo é de tirar o fôlego.

Meus olhos vão para seus lábios carnudos e me empurro para frente, engolindo seu gemido quando o beijo. Posso ter começado esse beijo, mas logo Trent o controla. Ele me empurra de volta para a borda da piscina, ambas as mãos subindo para segurar meu rosto no dele, enquanto me beija com fome, mordendo meus lábios para abri-los. Sua língua se lança, enredando-se na minha, possessivamente. Agarro seus ombros, puxando o mais perto que posso. Minhas pernas apertam em sua cintura, até que posso sentir seu pau esfregando em mim e fico uma poça de sentimentos e calor. Ele move seus lábios pelo meu pescoço, beijando e chupando a pele abaixo da minha orelha até que arrepios percorram meus braços e minha boceta começa a latejar em resposta. Meus quadris resistem contra ele, que geme contra a minha pele, seus braços me apertando com mais força.

Trent se afasta e me lança um olhar ardente. Encarando-me, seus olhos intensos vão ficando azuis como a meia-noite, seus dedos dançando ao longo da costura do meu biquíni. Desta vez, eu gemo, minha metade inferior ondulando sob a água, buscando contato com seu toque. Minha cabeça quer cair para trás, mas não consigo tirar meus olhos dele. Suas bochechas e sua boca estão tingidas de vermelho. Trent engancha um dedo e desliza a parte de baixo do meu biquíni para o lado, a ponta do dedo deslizando contra a pele sensível dos lábios da minha boceta, acariciando, antes de deslizar tão fundo que minha respiração fica presa na minha garganta. Ele me dá um sorriso de lobo antes de bombear o dedo dentro de mim, curvando-o para passar por cima do meu ponto G.

Uma das minhas mãos agarra sua cabeça, puxando seus lábios nos meus. Eu ataco sua boca, minha língua acariciando a sua no mesmo ritmo, enquanto meus dedos puxam e torcem em seu cabelo, segurando-o contra mim. Suspiro em sua boca quando adiciona outro dedo e esfrega a palma da mão em meu clitóris. Ele faz círculos apertados, adicionando pressão exatamente onde preciso. Meus quadris sacodem em direção ao contato até que a água ao nosso redor está batendo contra a lateral da piscina, fazendo um barulho de tapa, mas ainda não consigo parar. Minha mente não pensa direito. Trent está ao meu redor, em cada parte de mim, e cada pensamento está centrado em torno do que ele está fazendo comigo e como isso é bom.

Ele se afasta de mim, sua sobrancelha aperta.

— Porra, você é tão gostosa, Scar. — Sua voz é grave, cheia de desejo e necessidade. — Venha para o Colorado comigo — ele convida, com uma ponta de autoridade em sua voz.

Aceno com a cabeça afirmativamente, meu corpo estremecendo involuntariamente apenas com suas palavras. Eu esperava que ele tocasse no assunto. Não sei como posso ficar longe dele. Quero estar com ele, apesar de precisar, a fim de completar esta missão. Meus dentes beliscam seu lábio inferior antes de sugá-lo na minha boca. O rosnado que ele me dá é animalesco, seus dedos bombeando mais e mais rápido. Tudo bate em mim de uma vez. Minhas costas se inclinam para fora da piscina, empurrando meu peito no dele, enquanto um grito áspero é rasgado da minha garganta e estrelas dançam atrás dos meus olhos no meu orgasmo. Os golpes de Trent são lentos, deixando-me controlar a sensação contra sua mão, as paredes da minha boceta apertando em torno de seus dedos.

Estou tremendo quando me afasto. Os olhos de Trent estão quase completamente pretos e ele está respirando pesadamente. Suas narinas se dilatam ligeiramente, quando inclina sua testa contra a minha e o corpo desaba. Piscando para sair do meu estado orgástico, coloco a mão entre nós e deslizo a mão sob o cós de seu calção de banho. Seu comprimento duro cai em minha mão e eu o agarro com meus dedos. Trent respira fundo, seus olhos estão semicerrados e ele começa a beijar meu pescoço novamente.

— Mais forte — ele geme contra a minha pele, e eu o acarício novamente até que volta a gemer. Estou tão empenhada em fazê-lo se sentir bem que não percebo a comoção vindo de dentro de casa até que Trent se afaste de mim. — Merda — diz baixinho, enquanto enfia o pau de volta na calça.

Meu cérebro está nebuloso e seguro um sorriso estúpido no rosto. Meus músculos parecem inúteis e eu apenas me inclino lá, enquanto Trent mergulha a cabeça na água antes de voltar à superfície quando Ayda corre para fora.

— Trent! Você pode ascender a grelha? Vou começar a trazer os espetinhos.

— Claro — ele responde, uma pitada de irritação em sua voz. Dou a ele um olhar de desculpas e uma piscadela, antes de me elevar para fora da água. — Estou fodido. — Ouço-o murmurar atrás de mim, e me viro para ver seus olhos colados na minha bunda.

Eu rio e caminho em direção à casa, pegando minha camiseta, bem quando todos os meninos deslizam para fora da porta do pátio e caem nas cadeiras com bebidas em suas mãos. Encontro o rosto de Elias e ele levanta uma sobrancelha para mim, antes de olhar para Trent, que está apenas começando a sair da água. Seus lábios estão fixos em um sorriso sombrio quando ele se aproxima da grelha.

— Evi está lá dentro? — pergunto a eles e Dean concorda.

— Alguma coisa de batata que ela queria fazer.

Entro e passo por Ayda no caminho, que carrega uma enorme bandeja cheia de espetinhos que Trent e eu montamos antes. Evi está voando pela cozinha, procurando suprimentos, quando me aproximo sorrateiramente e a abraço por trás.

— Eca! — Ela ri e salta do meu aperto. — Nojento, você está toda molhada.

Minhas sobrancelhas dançam e não consigo tirar o sorriso bobo do meu rosto.

— Foi isso que ele disse — sussurro baixinho.

Evita ri novamente antes de deslizar para mais perto.

— Você não...

Balanço a cabeça e solto um suspiro de frustração.

— Não, as coisas não foram tão longe.

— Você queria? — ela pergunta, seus olhos ficando preocupados.

Lágrimas ardem atrás dos meus olhos e meus ombros caem.

— Eu não sei — sussurro, incapaz de parar o som rouco em minha voz.

Evita é a única que sabe que não fiz sexo novamente depois do que aconteceu com Jerrett. Transar com ele não foi uma escolha que tive que fazer por mim mesma e porque ele não me machucou, ele pagou por isso com sua vida. Carrego essa culpa como um rosário em volta do pescoço. De alguma forma, convenci-me de que ainda era pura porque não foi minha escolha. Mesmo nos trabalhos que concluí, evitei usar o sexo como arma. Eu me arrumo e às vezes faço um strip-tease? Absolutamente. Deixo os homens pensarem que vão dormir comigo e os provoco a quererem me tocar? Sim. Mal sabem eles, porém, que chegarão ao seu fim pela minha arma antes de eu realmente deixá-los colocar as mãos em mim.

Trent é o primeiro. Eu o deixei me beijar e praticamente me foder na piscina agora. Se não tivéssemos sido interrompidos, eu não teria parado. Minha mente e meu coração estão em guerra por saber disso. Eu quero Trent. Eu o quero com uma ferocidade que nunca senti e isso me assusta. Sei que nesta história não terminamos juntos, mas saber disso não me impede de forçar meus limites.

— Talvez apenas faça uma pausa nos próximos dias. Limpe sua cabeça — Evita diz baixinho, interrompendo meus pensamentos.

Eu aceno, sabendo que ela está certa. Meu coração aperta um pouco e minha mão esfrega o meu peito, porque é muito doloroso pensar nisso.

No dia seguinte, todos estão por perto e eu consigo não ficar sozinha com Trent, apesar de todos os olhares quentes e ardentes que ele continua me dando. Cada vez que me encontro em sua mira, meu corpo não pode deixar de responder. Só de me lembrar das mãos dele em mim e dentro de mim, minhas pernas balançam e geralmente preciso me sentar.

Na sexta-feira, a competição começa e os meninos vão embora da casa, deixando-nos sozinhas durante o dia. Nadamos, tomamos banho de sol e à noite, tomamos banho, trocamos de roupa e chegamos à arena interna onde acontecem as corridas. O barulho lá dentro é ampliado dez vezes, a ponto de meus ouvidos zumbirem. Se eu pensei que a multidão na Flórida era louca, eles não se comparam aos fãs de San Diego. O prédio praticamente zumbe com o barulho. Os assentos vibram com a música. Até os motoqueiros parecem estar em um nível diferente da última etapa. Suas acrobacias são ainda mais loucas e o rugido dos motores é constante. Não é nenhuma surpresa no sábado que Trent esteja em primeiro novamente, enquanto Elias, Sam, Dean e um piloto de uma organização diferente completam os cinco primeiros. E a multidão aqui adora.

Ayda, Evita e eu esperamos por eles depois da corrida final. Amanhã é nosso último dia na Califórnia. Depois das corridas, planejamos ir para o Colorado. Quando eu disse a Evita que Trent queria que eu fosse, ela apertou meu braço em um encorajamento silencioso. Claro que Elias já tinha pedido para ela vir também. Eu estava começando a ficar preocupada com o fato de minha prima se envolver demais com ele, mas ela continua dizendo que é divertido e que Elias sabe que ela vai para casa no final do verão.

Assim que os meninos chegam, todos nós voltamos para casa e pedimos uma pizza. Na nossa última noite, ninguém quer cozinhar. Sentamos no pátio, comendo da caixa e bebendo cervejas de garrafa, enquanto os meninos contam histórias de seus primeiros anos de corrida.

— Você deveria ter visto o rosto de Dean, no entanto — Trent diz, enquanto os outros estão segurando o lado do quadril de tanto rir. Minhas bochechas doem de tanto sorrir. Trent se move para que eu seja puxada mais para seu colo, seus braços deslizando ao meu redor, enquanto seus dedos acariciam a pele exposta da minha coxa.

— Tudo bem, tudo bem — Dean finalmente diz, suspirando. — Mas nada supera este aqui. — Ele aponta para Trent.

Como se soubesse o que está por vir, a cabeça dele se inclina e ele a sacode.

— Sim — Elias concorda. — Nós fizemos algumas merdas estupidas, mas este idiota aqui se voluntariou para quase destruir sua própria carreira. E então nos pediu para ajudá-lo. — Eu imediatamente enrijeci, meu coração pulando no meu peito.

— O cara estava pensando com a cabeça de baixo. — Sam ri e dá uma tapinha no ombro de Trent.

— Não acredito que estamos revendo isso. — Trent geme.

— Espere — Evita se anima, claramente na mesma página que eu, só que não consigo encontrar palavras para perguntar. — Ainda não ouvimos isso.

— A menos que você esteja no circuito de motocross ou viva na Califórnia, provavelmente não teria percebido — diz Ayda.

— Nos digam! — Evita exclama, sentando-se em sua cadeira.

Viro a cabeça e encontro Trent já me observando. O pânico atravessa meu peito, perguntando-me se ele percebeu a expressão no meu rosto. Eu preciso saber, mas, ao mesmo tempo, não quero saber a história. Não estou pronta para colocar sua morte em ação.

Trent pigarreou.

— Não há muito que contar — ele diz a Evita, enquanto segura minha cintura com mais força.

Meu coração afunda instantaneamente. Claro que ele não gostaria de relembrar seu passado para uma garota com quem ele está tentando se relacionar. Um passado onde provavelmente fez coisas horríveis para acabar nas garras de um traficante.

— Não muito — Sam zomba. — Esse filho da puta aqui — ele aponta para Trent — foi para o ensino médio com todos esses esnobes ricos. A maioria deles idiotas, aliás. De qualquer forma, o homem principal do *campus*, Darrian, costumava festejar, mas ele se converteu agora, tanto faz. Seja como for, ele tinha um amigo que costumava festejar com todas as crianças do colégio e era discreto vendendo drogas para eles. Havia esse tipo de pílula que deveria ser a próxima grande coisa, só que começou a matar crianças nas escolas vizinhas. Então, Darrian foi até Trent para obter ajuda para impedir esse traficante, porque o cara também estava atrás da garota de Darrian na época. E ela era amiga de Trent. Então Darrian decidiu ir atrás de toda a operação e descobriu que estava sendo comandado por um dos negócios de seu pai.

— O *Rastro!* — Dean grita, inclinando a cabeça para trás.

— Então o que aconteceu? — A pergunta sai dos meus lábios e me viro para encarar Trent.

Seus olhos se voltam para os meus e me mantêm como refém.

— Ajudei Darrian e a força-tarefa antidrogas. Fizeram-me passar por um comprador, já que era atleta e estava sempre na pista. Eu deveria pedir aos outros pilotos para entrarem nisso. Um acordo foi feito e eu estava conectado. A apreensão foi feita e todos nós fomos presos para que nossos disfarces não fossem destruídos. Darrian, é claro, puxou alguns pauzinhos, então eu não fiquei na prisão por muito tempo. Mesmo que eu tenha explicado porque fiz isso para o comitê MX, eles ainda queriam uma prova concreta de que tudo foi totalmente fabricado.

— Fizemos testes de urina quase todos os dias durante seis meses — diz Dean. — Trent teve que ir a uma aula de narcóticos e o policial com quem trabalhava teve que testemunhar em seu nome. Foi um show de merda.

— Crianças estavam morrendo — Trent responde, e todos olham para ele, seus rostos solenes.

Consigo manter minha expressão impassível enquanto minhas entranhas gritam. Sua verdade, a verdade está tão longe do que eu esperava. Ele não deveria ser o cara bom. Eu não deveria vê-lo como um herói que estava tentando salvar crianças do ensino médio de overdose. Todos os meus instintos estão confusos e bagunçados. De repente, o interesse do meu pai por Trent e por destruí-lo faz sentido. Ele destruiu meu pai, não como vingança, mas porque Trent é bom e meu pai é mau.

A conversa continua ao meu redor, mas não consigo tirar minha cabeça do nevoeiro. Eu me sinto ferida. Suja. Horrível. Estou aqui para arruinar sua vida e tudo o que ele tem feito é provar inúmeras e inúmeras vezes que é realmente uma pessoa decente. Como se pudesse sentir meu colapso interno, Evita se levanta da cadeira e finge olhar para o telefone.

— Uau, está tarde. Devemos ir para a cama se vamos embora depois das corridas de amanhã.

Funciona e todo mundo se encaminha para dentro de casa. Trent puxa minha mão suavemente para me impedir. Mordo meu lábio para me impedir de chorar quando o encaro. Seus olhos procuram os meus e não tenho certeza do que ele vê, mas ele se inclina e beija meus lábios suavemente.

— Eu faria tudo de novo.

— Fazer o que? — pergunto, minha voz rouca e cheia de emoção. Estou com medo de que ele veja através de mim.

— Arriscar meu trabalho. Arriscar minha vida. — Ele dá de ombros.

— Eu só precisava ajudar.

— Você é uma pessoa incrível, Trent Nichols — digo a ele, sentindo a honestidade em minha voz.

Ele me beija novamente antes de me seguir para dentro. Vamos para caminhos separados para nossos quartos. Evita está acordada quando entro. Deslizo para a cama ao lado dela, que me segura contra si.

— Estou tão confusa — confesso, e as lágrimas escorrem dos meus olhos.

— Talvez estejamos perdendo alguma coisa — ela tenta, e eu balanço a cabeça.

— Nós duas sabemos que sua história faz sentido. Meu pai não é um bom homem, Evi. — Choro em seu pescoço, enquanto seus braços me apertam.

— O que você vai fazer?

— Eu tenho que ir para casa — digo a ela. É a única coisa que faz sentido. Se eu conseguir obter mais informações ou de alguma forma mudar a opinião de meu pai, tenho que tentar. Não posso fazer isso com ele.

— E quanto ao Colorado? — Evita sussurra. Meus olhos se fecham, sabendo que também estou arruinando sua chance de liberdade se eu acabar com isso, aqui e agora.

— Diga a eles que tive uma emergência familiar — sussurro de volta. — Se eu puder, voltarei, se não, apenas gaste o tempo que você quiser. Preciso de respostas, Evi.

— Eu sei — ela me diz, com a cabeça apoiada na minha. — Só não quero que você se machuque.

Não sei se ela se refere a meu pai ou Trent e não consigo diferenciar agora de qualquer maneira. Na minha mente, estou me machucando de qualquer forma.

CAPÍTULO 8

TRENT

Minhas pontuações no Colorado devem ser o ponto alto da minha carreira. Depois de vencer em San Diego na semana passada, fui designado para um lugar alto em Denver. Eu deveria estar curtindo a oportunidade e tendo o melhor momento da minha vida, só que algo está faltando. Bem, alguém. Pela centésima vez desde que ela se levantou e saiu no meio da noite, eu verifico meu telefone. Uma semana inteira e ela não respondeu às minhas mensagens de texto ou ligações. Evi disse que Scarlet estava com problemas familiares e precisava ir para casa. Fiquei chateado por ela não ter me acordado para se despedir. Inferno, eu provavelmente teria ido junto se ela quisesse. Em vez disso, de acordo com Evita, ela escapou de casa como um ladrão e pulou em um voo de volta para a Flórida.

Não tenho ideia se ela vai voltar ou o quão sérios são seus problemas familiares. Scarlet me disse que seu relacionamento com o pai é uma porcaria, então não posso deixar de ficar preocupado. Temos duas semanas de tempo livre depois do Colorado e, no entanto, estou com medo de ir embora, caso ela tente chegar aqui e sinta nossa falta. Eu a quero de volta aqui comigo.

Minhas mãos correm sobre minha cabeça, de novo e de novo. Nem mesmo a música está colocando minha mente nas corridas esta noite. Meus tempos na sexta-feira foram impecáveis, e atribuo isso à nova raiva por querer descobrir por que Scarlet havia sumido. Ontem, tivemos um dia de 24 horas e, no final, havia 2,5 pontos me separando do primeiro lugar. Os caras estavam me olhando de soslaio, mas foram espertos o suficiente para não comentar. AfterHours está respirando no meu pescoço, esperando por uma vitória aqui.

Há uma grande soma de dinheiro em jogo e todos nós poderíamos usá-lo agora. Sei que meu humor está péssimo desde que saímos de San Diego, e já parei de me importar. Honestamente, se eu não tiver ouvido falar de Scarlet depois de hoje, devo voar para a Flórida para encontrá-la.

— Tempo! — Um membro da equipe grita para o vestiário.

Eu me levanto com relutância e faço meu caminho para as portas com os outros caras. As apresentações demoram uma eternidade, até chegar a minha vez. Tenho praticado as mesmas manobras desde os onze anos, então jogar alguns bar-hops e clickers aleatórios enquanto a multidão aplaude com *Remember the Name*, do Fort Minor, não exige muita concentração.

Quando minha introdução termina, vou até onde os outros estão alinhados atrás do portão. Nossos capacetes são retirados enquanto esperamos pelo Hino Nacional, e deixo meu olhar vagar pela arena. Facilmente encontro Evi e Ayda na arena amarela. Desde que as meninas começaram a viajar conosco, nós melhoramos seus assentos em cada etapa do caminho. Ayda acena para mim e eu levanto a mão em resposta. Meus olhos pousam em Evi em seguida, que me dá um aceno gentil e um sorriso triste. Ela sabe mais do que ninguém como estou confuso com a partida de Scarlet. Evi teve que dar a notícia para mim e provavelmente está cansada de eu sempre perguntar se ela tem novidades. Scarlet também não entrou em contato com Evi e é isso que realmente me choca.

Preparo-me para correr, montando em minha moto e prendendo meu capacete no lugar. Sei que esta corrida é minha última chance de levar a vitória para casa na AfterHours. Devo a eles por assinarem comigo e não me abandonarem por causa do incidente em Araminta. Mesmo sabendo que não estava errado, a publicidade poderia ter caído matando para cima de mim. Preciso me lembrar disso. Preciso me concentrar, para poder fechar nesses 2,5 pontos e dar o fora do Colorado.

A bandeira quadriculada sobe e nós decolamos. Encontro minha linha facilmente e sou capaz de evitar qualquer golpe lateral dos outros pilotos enquanto faço meu caminho. Meu motor zumbe como a bela besta que é, e meus músculos sentem a vibração do guidão. A moto se torna uma só comigo enquanto deslizo para o canto com o *holeshot*. Eu completo volta após volta, mantendo o ritmo e, mais do que nunca, estou liderando a luta. Após dois dias de pilotagem, a argila começa a se soltar em alguns pontos e evitá-la se torna um desafio depois de mais algumas voltas. Na minha última corrida por cima do salto duplo, eu jogo um *Nac Nac*, o que deixa a multidão agitada novamente. O impulso da aterrissagem me atira para frente, causando uma lacuna maior entre mim e a moto detrás. Cruzo a linha em primeiro, antes de me sentir expirar completamente. A adrenalina dispara em minhas veias. Tiro o capacete imediatamente e empurro meu cabelo suado para trás do rosto para olhar as placas. Todos entram e, logo depois, meu nome pisca em verde neon como o vencedor.

— ISSO! — Atiro um punho no ar, antes que os caras cheguem em mim. Sam me levanta do chão, eles estão todos pulando e comemorando. Nós quatro completamos os dez primeiros. É uma grande vitória nacional para a equipe AfterHours.

Voltamos para os vestiários e tomamos banho. Pego meu telefone e o torço em meus dedos, antes de sucumbir e mandar mensagem para ela.

> Peguei o primeiro lugar. Sinto sua falta.

Segundos se passam e ela não responde. Suspirando, coloco meu telefone no bolso de trás e sigo todos para fora do vestiário. No estacionamento, Evi e Ayda nos veem e correm em nossa direção. Evi é puxada pelos braços de Elias enquanto Ayda se reveza nos abraçando e parabenizando. Eu a abraço de volta e forço um sorriso nos lábios. Todos eles querem ir para o bar próximo para festejar, já que é nossa última noite e foi uma grande vitória, mas não consigo ficar animado.

— Vou voltar — digo a Dean, que balança a cabeça, mas me deixa ir. Continuo dizendo a mim mesmo que, se eu descansar um pouco, não serei um idiota mal-humorado amanhã.

Pego um táxi e volto para a pequena casa em estilo cabana que Dean alugou para a viagem aqui. Entro e apanho uma garrafa de água antes de ir para a sala. Ligo a TV e pego o telefone novamente. Zero mensagens. Zero chamadas perdidas. Balanço a cabeça, descansando-a contra as almofadas e fecho os olhos. Uma dor latejante está começando atrás dos meus olhos. Desligo a TV, pronto para cair na cama, quando ouço uma batida na porta da frente.

Gemendo de frustração e pronto para castrar Dean se for alguma garota que ele disse para encontrá-lo aqui, vou até a porta e abro com mais força do que o necessário.

— Oi — Scarlet diz suavemente, e leva um minuto para meus olhos se ajustarem e perceberem que ela está parada na minha frente.

Meu olhar avidamente inspeciona seu rabo de cavalo bagunçado, rosto sem maquiagem e lábios nus, que geralmente são pintados, sobre o suéter rosa e shorts de algodão cinza que mostram suas pernas bronzeadas e dedos dos pés pintados. Minha boca enche de água e meu coração quer explodir em meu peito.

Meus olhos se levantam e encontram os dela, seus orbes chocolates brilham no escuro. Eu a pego em meus braços e seu corpo afunda em meu abraço de boa vontade. Minhas mãos encontram o caminho para seu rosto, deslizam em seu cabelo, antes de me curvar para tomar sua boca com a minha. Toda a frustração reprimida e a falta dela ao longo da semana sangra para fora de mim no beijo. Seu perfume de coco enche meus sentidos e me faz sentir em casa. Seus pequenos suspiros e gemidos ofegantes são minha ruína. Eu legitimamente rosno, me abaixo e a agarro pela parte de trás das pernas e a ergo contra mim. Seus braços envolvem meu pescoço, suas pernas agarrando meus quadris. De alguma forma, consigo subir um lance de escadas e entrar no meu quarto. Tranco a porta antes de deixá-la cair na cama. Ela salta ligeiramente e um sorriso malicioso puxa seus lábios carnudos.

— Também senti sua falta — ela me diz, seu queixo ligeiramente inclinado.

Puxo minha camisa pela cabeça e deixo minha calça jeans cair no chão, antes de me deitar sobre ela. Meus dedos envolvem seu short e calcinha, deslizando-os para baixo e jogando-os para o lado. As mãos de Scarlet arrancam seu suéter e o jogam para o lado, revelando instantaneamente seus seios fartos. Eu gemo, inclinando-me para beijar sua pele beijada pelo sol, antes de sugar um mamilo em minha boca e rolá-lo, mordendo suavemente enquanto ela suspira e arqueia debaixo de mim. Sua pélvis se conecta com meu pau e eu estremeço. Libero seu mamilo com um pop, arrastando meus lábios por suas costelas, mordendo e chupando, beijando e lambendo sua barriga lisa.

— Trent — Scarlet geme meu nome, e eu a recompenso com uma beliscada na parte interna de sua coxa.

Seus olhos brilham quando se conectam aos meus, cheios de luxúria e fogo. Eu me planto entre suas pernas, enganchando um braço em volta de sua coxa, espalhando o outro mais amplamente, e inclino-me até que minha boca toque sua boceta. Ela pula ligeiramente, seus dedos cavando no meu cabelo, torcendo e puxando. Há uma leve picada no meu couro cabeludo que faz meu pau latejar e envia prazer por todo o meu corpo. Meus dedos flexionam e apertam em torno de sua coxa carnuda, e eu a puxo para mais perto, abrindo-a e empurrando minha língua o mais longe que posso dentro dela.

— Oh, Deus! — ela grita, e sua cabeça se inclina para trás enquanto eu a fodo com minha língua, comendo-a como se ela fosse minha última refeição.

Os quadris de Scarlet levantam, torcendo e se contorcendo em minhas mãos. Ela pode ter hematomas amanhã onde eu a segurei e, por algum motivo, gosto dessa ideia. Mudo para seu clitóris, trabalhando enquanto ela canta meu nome, chupando, mordendo e sacudindo até que goze com força, arqueando as costas, enquanto esfrega sua boceta em todo o meu rosto. É a merda mais quente que já vi, o soluço estrangulado com as lágrimas do fundo de sua garganta enche meu peito de orgulho. Eu não posso esperar mais. Levanto-me, pego uma camisinha e tiro minha boxer de uma vez.

Scarlet se levanta da cama e seus olhos se movem por todo o meu corpo. Suas bochechas estão vermelhas, seu lábio inferior tem uma linha de sangue, por estar preso entre os dentes, e seu cabelo está solto de seu rabo de cavalo. Os longos fios pretos contrastam fortemente com o edredom branco. Eu rastejo por seu corpo, meus lábios tocando cada parte sua até que ela se contorce debaixo de mim novamente. Tomo sua boca mais uma vez, empurrando minha língua em sua suavidade, forçando-a a provar a si mesma. Ela chupa minha língua mais profundamente e uma onda de fogo dispara pela minha espinha.

Agarrando-a, eu nos viro até que ela esteja montada no meu colo. Recosto contra a cabeceira da cama e ela segura meus ombros com mais força.

— Eu quero você — digo a ela, beijando seu pescoço e ouvindo sua respiração.

Movo-a, alinhando-a e abaixando-a lentamente até meu pau entrar dentro dela. Seus olhos se arregalam e sua boca se abre quando a encho. Mantenho meu olhar focado nela, amando cada emoção e sentimento que dança em seu rosto.

Não há mais espera. Quero que ela seja minha. Minhas mãos agarram seus quadris e a movem para cima e para baixo no meu pau até que suas pernas tremam e ela ofega contra meus lábios.

— Porra, sim — resmungo contra sua boca. — Tão perfeita. Perfeita para o meu pau. Aperte assim mesmo, Scar.

Posso sentir minha própria liberação chegando e meus movimentos crescem desesperados. Puxo seu corpo para baixo sobre o meu e bato meus quadris nela, precisando que ela goze novamente para que eu possa sentir seu espasmo em torno de mim. Scarlet beija de minha garganta até meu ombro, onde seus dentes se afundam. Eu me esfrego nela dessa vez quando puxo seu corpo para baixo e sua cabeça cai para trás, meu nome saindo de seus lábios inchados. Bato meus quadris nela mais duas vezes antes de encontrar meu próprio clímax.

— Isso foi incrível — diz ela com voz rouca, seu corpo afundando no meu. Eu nos coloco para baixo para que ela fique deitada em cima de mim.

Beijo ao longo do topo de sua cabeça, amando a forma como os fios de seu cabelo fazem cócegas em meu queixo.

— Eu nunca vou deixar você ir, Scar — digo a ela honestamente. — Termine esta turnê comigo. Sei que você tem planos para a faculdade e estou bem com isso. Podemos resolver mais tarde, mas não posso deixar você ir. Uma semana sem você foi insuportável.

Seus olhos escuros ficam líquidos e acho que ela vai chorar, mas então ela me dá um sorriso.

— Para onde você vai agora?

— Temos duas semanas de folga antes de voltarmos para a Califórnia, São Francisco, desta vez, e depois seguiremos para o leste.

— Você tem planos para as próximas semanas? — pergunta, sua sobrancelha levantando em interesse. Balanço minha cabeça negativamente.

— Eu só quero passar com você.

— Como você acha que todos se sentiriam sobre ir ao sul da fronteira?

— México? — questiono, contemplando isso em minha cabeça. Minha mente vai direto para a praia, as águas turquesa e Scarlet sob mim, tanto quanto possível. — Tenho certeza de que Dean pode encontrar algo para nós.

— Eu tenho um lugar para nós — ela declara, seus olhos brilhando. — Eu disse a você que minha mãe morava lá. Ela deixou uma casa que eu visito às vezes.

Meus dedos percorrem sua bochecha e apertam seu queixo, enquanto me inclino para beijá-la.

— Parece perfeito, baby. As coisas estão bem em casa?

Seu sorriso desaparece e seus olhos se baixam.

— O mesmo de sempre.

Minhas mãos fecham sobre seus ombros e esfrego suavemente, esperando que ela continue. Seu olhar se direciona para longe antes de voltar para o meu.

— Meu pai é difícil. Eu não acho que isso vai mudar.

— Estou aqui para ajudá-la se precisar de alguma coisa, ok? Quero dizer. Vou ajudá-la a superar o que está acontecendo.

Scarlet acena com a cabeça e deita a cabeça no meu peito. Depois de um tempo, seu corpo afrouxa em relação ao meu e seus olhos se fecham. Suavemente, eu a rolo para o lado e puxo os cobertores ao redor dela antes de deslizar para fora da cama e ir para o banheiro. Eu descarto o preservativo e me lavo antes de me deitar novamente na cama. A respiração suave de Scarlet atinge meus ouvidos e eu sorrio. Fujo para debaixo das cobertas e ela facilmente rola de volta em meus braços, aconchegando-se contra o calor do meu corpo. Meu último pensamento antes de fechar os olhos é que estou muito aliviado por ela estar aqui. Scarlet está de volta, e eu nunca vou deixá-la fora da minha vista novamente.

CAPÍTULO 9

SCARLET

Todos estavam de acordo em fugir para um paraíso tropical, e quando souberam da casa da minha mãe, não demorou muito para que os planos fossem colocados em prática. Dean insistiu que dirigíssemos até Dallas e pegássemos um voo para resto do caminho. Na verdade, eu não ia à casa de Tulum há alguns anos e mal podia esperar para ver. Sempre amei a pequena cidade litorânea. Era turístico o suficiente para manter a área próspera, mas não abarrotada de hotéis e resorts. Quando pousamos, alugamos dois veículos. Trent e Evita viajaram comigo.

Adorei ver os olhos de Trent se arregalarem quando paramos na entrada da casa. Eu digo casa para soar modesta quando realmente quero dizer que é uma pequena mansão com um gramado extenso que termina na praia nos fundos. Quando eu era mais jovem, lembro-me de vasculhar a praia em busca de conchas enquanto os homens de meu pai vigiavam a área, armados, espreitando a praia. Na época, isso não me incomodou; agora, eu sei por que as coisas eram assim.

Quando minha mãe morreu, a casa foi fechada e a maioria dos funcionários foi dispensada. Apenas um jardineiro e sua esposa foram autorizados a ficar. Ela manteve o interior limpo e a água correndo, ao mesmo tempo em que mantinha o gramado com uma boa aparência. Com o passar dos anos, se meu pai decidisse passar as férias lá ou se eu fosse enviada com uma babá, sempre a achávamos pronta para morar.

Estaciono e Sam segue o exemplo. Todos têm olhares de espanto iguais em seus rostos, observando a impressionante casa de três andares.

— Uau — diz Ayda, um sorriso enorme iluminando seu rosto. — Eu meio que sinto que você é uma princesa perdida ou algo assim e este é o seu castelo.

Eu rio e faço um gesto para que eles se juntem a mim.

— Bom, o segundo andar é onde ficam todos os quartos e banheiros. A maioria dos quartos se conecta a um banheiro privativo. O terceiro andar é onde você encontrará a sala de ginástica, sauna e uma velha mesa de sinuca. Neste andar fica a cozinha, sala de teatro e área de estar. Nos fundos, há uma piscina, e se você descer pela trilha, temos uma praia particular. Há uma cabana lá também.

Eu me certifico de manter meus olhos fixos em todos, até que meu olhar colide com o de Trent. Já posso ver a fome em seus olhos e sinto que o tempo é limitado antes que ele me atinja novamente. O sexo foi alucinante entre nós, o que, é claro, tanto me intrigou quanto me assustou ao mesmo tempo. Sua declaração de que ele não me deixaria ir nunca mais sacudiu meu interior. Quase desatei a chorar.

A rápida viagem para casa para ver meu pai não fez nada para aliviar minha consciência. Ele não tinha respostas para minhas vagas perguntas. Ele estava interessado apenas em uma coisa: quando eu teria resultados? Andei na ponta dos pés em suas regras, alegando que era difícil quando tantos outros estavam por perto, que Trent estava fortemente vigiado e parecia agir por extinto. Imaginei que ele nunca soube para onde Trent estava indo. A única informação que dei a ele, então ele ficaria satisfeito por um tempo, foi sobre o pé de meia de Trent com a vitória em San Diego. Até mesmo compartilhar isso me fez sentir nojenta, vil e manipuladora. Investiguei o máximo que pude enquanto estava em Tijuana, antes que meu pai descobrisse. Peguei o primeiro voo de volta para Denver naquela noite.

Todos se dividem e seguem caminhos separados para encontrar quartos, exceto Trent. Ele se aproxima de mim e minha cabeça se inclina para trás quando ele está na minha frente. Fico na ponta dos pés, quando ele se inclina, nossos lábios se encontrando e se fundindo. Seus braços musculosos em volta da minha cintura, puxando meu corpo contra o dele.

— Onde fica o seu quarto? — pergunta, mordendo meu lábio inferior. Eu inalo bruscamente e meu núcleo se inunda com calor. Eu o quero de novo imediatamente.

— Porta mais distante à direita — digo a ele. — Tenho que pedir os mantimentos primeiro.

— Vou trazer suas coisas também — ele me garante, beijando-me novamente antes de subir as escadas.

No minuto em que ele sai, eu respiro fundo, minha mão deslizando sobre meu coração, tentando acalmar a selvageria nele.

— Parece que as coisas estão melhores, não é? — Evita pergunta, deslizando seu braço no meu. Eu a deixo me levar para a cozinha, onde é mais privado.

Mantendo a voz baixa, eu me viro para ela.

— Não consegui nada em casa. Meu pai manteve sua boca fechada. Ainda não parece certo.

— O que você vai fazer então? — Evita sussurra, e seu braço envolve meus ombros.

— Não sei. — Balanço minha cabeça, porque estou tão perdida hoje quanto estava uma semana atrás depois de ouvir Trent recontar as coisas que aconteceram. — Até que eu possa fazer mais investigações por conta própria, preciso continuar dando informações a ele. Pequenos pedaços, para que ele fique longe de mim e não me questione.

O polegar de Evita desliza para os lábios e ela morde a ponta da unha, pensando.

— E o celular dele?

Solto um suspiro.

— Eu o enviei no caminho para o aeroporto. Trent ainda nem percebeu que sumiu, então provavelmente não é possível que ele mantenha informações importantes nele. — Esfrego a mão no rosto, enquanto a culpa corrói minhas entranhas.

— Não seja muito dura consigo mesma. — Evita esfrega a mão nas minhas costas. — Se você não der algo ao seu pai, você está certa, ele vai suspeitar de algo. Há uma boa chance de ele querer participar se pensar que você não está dando conta. Até descobrir tudo, também precisa se manter segura. Seu pai não hesitaria em vir atrás de você.

Eu aceno com a cabeça, sentindo o latejar na minha têmpora. Ele não hesitaria em ir atrás de mim e com certeza não pensaria duas vezes antes de colocar uma bala na minha cabeça se pensasse que eu poderia traí-lo. Estou jogando um jogo perigoso.

— Bem — Evita sai e pega a lista de compras da minha mão —, que tal eu ir falar com Rosa sobre isso e você procurar o namorado?

Minha sobrancelha sobe.

— Tem certeza?

Ela acena com a cabeça, sorrindo antes de sair para fora pelas portas traseiras do pátio. Eu não hesito, correndo pela casa até as escadas, bombeando minhas pernas até chegar ao outro andar. Tudo está bem quieto, então caminho na ponta dos pés até o meu quarto e abro a porta. A primeira coisa que noto é o cheiro do oceano no ar e as cortinas azuis-pasteis ondulantes balançando com a brisa. Sorrindo, eu saio para o convés e deslizo atrás de Trent, minhas mãos enlaçando em sua frente. Eu o ouço grunhir, então suas mãos estão cobrindo as minhas. Ele se vira em meus braços até que estejamos peito a peito. O sol forte faz manchas douradas em seu cabelo e sua pele já aparenta um bronzeado. Seus orbes azuis pousam nos meus olhos e estou hipnotizada por sua cor. Exatamente como o oceano atrás dele. Eu sorrio e ele sorri também.

— O que você acha? — pergunto, olhando ao nosso redor antes de me virar para ele.

— Eu acho você linda — ele responde, inclinando-se e tocando seus lábios nos meus. Meus braços envolvem seu pescoço instantaneamente e sou levantada até a ponta dos pés. O vestido de verão que estou usando sobe pelas minhas pernas entre nós, e eu ofego em sua boca, quando sinto seus dedos roçarem a ponta da minha calcinha.

— Para dentro. — Consigo sair antes de ser completamente levantada do chão e carregada para o meu quarto. Por um breve momento, passa pela minha cabeça que espero que todos se sintam em casa, antes que todos os meus sentidos e pensamentos se concentrem em Trent e na forma mágica como ele toca meu corpo.

Felizmente, ninguém comenta sobre Trent e eu estarmos trancados no meu quarto o dia todo; eles agem como se nunca tivesse acontecido. Evita manteve todos entretidos e mostrou-lhes a praia. Assim que Rosa soube que estávamos lá, ela preparou lanches e deixou bebidas em um refrigerador para eles.

Todo mundo decide que quer jantar fora, então eu os levo para um restaurante que é uma joia escondida na área da cidade. Eles não só têm os melhores pratos mexicanos autênticos, mas também tocam música ao vivo. Ayda ficou animada quando contei isso a ela. A menina gosta de dançar e nos contou histórias dela e de alguns amigos se esgueirando em clubes pela

Flórida. Sam não parecia feliz com a notícia e quase quis rir da expressão de choque no rosto dela. Eu me pergunto pela centésima vez se ninguém mais enxerga as faíscas entre os dois.

Chegamos cedo o suficiente para pegar a melhor mesa e pedir uma grande quantidade de comida. Os meninos comem como se fosse sua última refeição. Rodadas de margaritas aparecem para nós, garotas, graças a Evita, e logo meu sangue bate no ritmo da música. Balanço na minha cadeira até Evita terminar. Levamos Ayda conosco para a pista de dança, no momento em que ela começa a ficar lotada. Música após música, balanço meus quadris, sentindo a batida e me contorcendo. O suor escorre pelas minhas costas, mas não sinto. O vestido de verão branco que coloquei gira em volta das minhas pernas, enrolando em meus quadris quando eu quero. A banda toca *Biddi Biddi Bom Bom*, da Selena, e todos aplaudem.

Sinto meu próprio coração pular uma batida quando um par de mãos fortes pousa na minha cintura e me viro para ficarmos cara a cara. A camisa de botões de Trent está para fora da calça e as mangas estão enroladas, mostrando os músculos de seus braços quando ele me puxa para mais perto.

— Dance comigo — ele sussurra em meu ouvido e arrepios percorrem minha pele. Aceno com a cabeça que sim, e ele pega minha mão enquanto a outra agarra meu quadril, baixo o suficiente para que minha pele queime sob seu toque.

Meus olhos se arregalam de surpresa com os movimentos de Trent. Seus quadris se movem pecaminosamente, enquanto ele me empurra e me puxa pela pista de dança. Estou impressionada e facilmente me perco enquanto danço com ele. Ele me gira antes de puxar o corpo contra o dele, meu joelho subindo contra seu quadril antes que ele me incline para trás, meu cabelo quase roçando no chão. Trent me puxa lentamente, de forma agonizante, enquanto sua língua lambe meu pescoço, bem embaixo da minha orelha. Minhas terminações nervosas disparam e o desejo inunda meu núcleo. Sinto minha boceta ficar molhada e não quero nada mais do que envolver minhas pernas em volta dele, escalá-lo e fazê-lo me levar para casa. Trent Nichols não joga limpo. Pelo menos a área de dança está escura o suficiente para que ninguém mais note e nem veja o rubor subindo pela minha pele.

Trent abaixa minha perna no chão e me gira para que minhas costas fiquem rentes a sua frente. Eu me esfrego de volta nele, que gira seus quadris no ritmo lento de *Risky*, de DaVido. Sinto calor por toda parte, minha pele está pegajosa e ainda não quero colocar nenhuma distância entre nossos corpos. Se pudesse, engatinharia para dentro de Trent. Eu juro que ele pode ler meus pensamentos porque, em breve, está me manobrando para o convés e para o ar mais frio da noite. Os casais aqui ainda estão dançando, enquanto outros se reúnem ao redor do bar. Trent me leva até a grade, um sorriso de lobo no rosto.

— Vou ter que te dar margaritas com mais frequência — ele me diz, inclinando-se perto do meu ouvido para que só eu possa ouvir suas palavras. Mesmo suado, seu cheiro é delicioso. Trent solta uma risada. — Você também tem um cheiro incrível, Scar. Sei que você tem um gosto ainda melhor.

Minhas mãos cobrem meu rosto, percebendo que estou pensando em voz alta.

— Sim, você está. — Trent ainda está sorrindo e acho que o odeio, então ele me puxa para mais perto. — Você não me odeia, baby. Você ama tudo que eu faço com você, e acho que esse balbucio bêbado é adorável.

Eu faço beicinho. Estou bêbada e não dou a mínima. Quero dar a ele um pedaço do que está na minha mente, mas a maneira como ele está olhando para mim agora, a fome, a emoção crua piscando em seus olhos, me impede. Isso rouba meu fôlego. Então eu ouço. A música que sempre jurei que seria a minha canção de casamento. Se eu vivesse o suficiente para me casar. Era a favorita da minha mãe e as letras assustadoras puxavam as cordas do meu coração.

Trent puxa minha mão e me traz para ele. Uma de suas mãos segura a minha contra seu peito enquanto a outra mão repousa nas minhas costas, logo acima da curva da minha bunda. *I Could Fall In Love*, de Selena, toca para nós enquanto Trent me gira em círculos e eu luto para manter minhas emoções sob controle. Sinto tudo muito profundamente, me preocupo muito com ele e em tão pouco tempo que isso me assusta. A primeira vez que o vi, sua alma chamou a minha. Inclino minha cabeça para trás, procurando seu rosto. Seus olhos oceânicos parecem uma carícia quente enquanto me envolvem, me puxam para baixo e roubam o fôlego dos meus pulmões. Quero ficar assim para sempre, afogando-me completamente nele. Eu poderia me apaixonar por ele. Só não acho que ele poderia me amar de volta. Ele não sabe quão quebrada eu realmente sou.

Acordo na manhã seguinte, nua, exceto pela minha calcinha, na cama e sozinha. Posso sentir o cheiro do sabonete líquido de Trent e seu leve aroma cítrico no travesseiro ao meu lado, então sei que ele dormiu aqui. Surpreendentemente, minha cabeça não está latejando tanto quanto pensei que estaria. Lembro-me vagamente de beber água antes de desabar na cama. Mas não me lembro de como cheguei em casa.

Levanto, sentindo as minhas pernas bambas e faço meu caminho para o banheiro antes de entrar no chuveiro. Quando termino, sinto-me quase como uma pessoa nova. Meu estômago escolhe aquele momento para roncar. Arrasto-me até a porta e abro.

— Devo dizer bom dia ou boa tarde? — Trent sorri para mim de onde está encostado na minha cama.

Imagens do dia anterior piscam em minha mente e todas as formas criativas com que Trent dobrou meu corpo. Minhas bochechas esquentam e eu interrompo seu olhar. Ele ri levemente, como se soubesse o que eu estava pensando. Isso realmente não deveria me afetar. Amei tudo o que aconteceu e ele também. Largo minha toalha e caminho nua até a cômoda onde meus trajes de banho estão guardados. Mesmo do outro lado do cômodo, posso sentir o olhar ardente de Trent arrastando fogo por todo o meu corpo exposto. Uma vez que meu maiô está colocado, jogo uma camiseta cortada por cima da minha blusa, antes de me virar para encará-lo.

Trent passa o dedo sobre o lábio inferior pensativamente, seus olhos ainda fixos em mim.

— Quer dar um passeio comigo hoje? Todo mundo está de ressaca e dormindo o dia todo. Eles não vão se importar se sairmos por algumas horas.

— Claro — respondo, encolhendo os ombros. Meu estômago ronca novamente e, finalmente, Trent abre um sorriso verdadeiro.

— Vamos alimentá-la primeiro.

Ele pega minha mão e me leva escada abaixo para a cozinha. Rosa tem donuts, bolos e muffins recém-assados esfriando. Os carboidratos perfeitos para absorver toda a bebida que bebemos. Eu automaticamente pego o dinamarquês de framboesa e ingiro em algumas mordidas. Trent me oferece uma xícara de café que aceito, agradecendo profusamente. Ele ri do meu entusiasmo.

— Você não vai comer?

— Eu já comi — ele me diz, encolhendo os ombros. Eu meio que me sinto mal por ele ter ficado sozinho por tanto tempo. Bebo o café rapidamente, que está morno agora, mas ainda tem um gosto delicioso. Quando termino, Trent pega minha mão e me leva até a porta da frente. Ele calça seus Vans surrados e eu coloco um par também. Quando saímos, vejo uma motocicleta preta e prateada esperando por nós.

— Eu disse que iria te levar para dar uma volta — ele me lembra, puxando-me para trás. Um capacete fica na parte traseira, e ele me ajuda a colocá-lo, antes de prendê-lo sob meu queixo. Espero que ele suba, monte a moto entre suas coxas sólidas e coloque seu próprio capacete antes de subir atrás dele. Meus braços envolvem a cintura de Trent e juro que sinto seu batimento cardíaco através de sua camisa. Ele levanta a plataforma e o motor ruge com vida. A vibração entre minhas pernas é poderosa. Trent nos leva pela estrada de cascalho, chutando pedras e terra à medida que avançamos, até chegar à estrada principal. Começamos a viajar para o sul e começo a me perguntar quanto da área ele conhece e quem disse a ele para onde ir.

Dirigimos por quase 45 minutos antes de Trent sair da estrada principal e nos manobrar cuidadosamente por uma trilha entre algumas árvores. Aperto sua cintura com mais força em meus braços enquanto minhas pernas se prendem contra a moto. No final da trilha, encontra-se uma praia. Ele estaciona e nós saímos, deixando nossos capacetes no guidão. Eu saio correndo pela areia branca e em direção à costa. Não há ondas grandes aqui, apenas pequenas marés batendo na areia.

— Como você soube desse lugar? — pergunto, minha curiosidade levando o melhor de mim.

— Rosa estava me fazendo companhia enquanto eu esperava você acordar. — Trent sorri. — Eu disse a ela o que tinha em mente e ela me deu as instruções.

— Aqui é incrível — digo, incapaz de tirar os olhos das sombras das águas cristalinas. O sol já passou do seu ponto mais quente. O céu do oeste está tingido de rosa. No horizonte, onde o céu e a água se encontram, parece um redemoinho de algodão doce.

Tiro minha camisa por cima da cabeça, em seguida, entro na água. É mais quente do que a água do banho, então continuo. Quando volto, Trent está me observando.

— Você vem? — Minhas palavras parecem estimulá-lo. Ele deixa cair seu short e regata, vestindo apenas sua boxer, caminhando atrás de mim.

Chego o mais longe que posso alcançar e espero por Trent. Ele me alcança no resto do caminho e eu flutuo ao lado dele, meus braços pendurados frouxamente ao redor de seu pescoço. Quando a água chega ao seu peito, paramos e ele me puxa para a frente. Uso meus joelhos para me levantar, então estamos no nível dos olhos e minhas pernas podem ficar penduradas ao lado dele. Suas mãos pousam nas minhas costas. O silêncio passa entre nós. O corpo de Trent está rígido, uma tensão irradiando no ar ao nosso redor. Meus dedos deslizam para sua bochecha e passo meu polegar sobre a curva dela.

— Você está bem?

Sua cabeça abaixa e eu começo a entrar em pânico. Estou prestes a abrir a boca quando ele olha para mim. Seus olhos estão cheios de tanta emoção que estou quase paralisada. Se ele já não estivesse me segurando, eu cairia. Posso ver dentro de sua alma com o olhar que ele está me dando. Dói, mas é bonito ao mesmo tempo. Lentamente, Trent abaixa seus lábios nos meus, beijando-me completamente, devagar e apaixonadamente. Meu corpo estremece em seus braços. Eu quero mais e estou apavorada, também.

— Scar — ele diz meu nome, sua voz rouca. Sinto as lágrimas ardendo em meus olhos, mas de alguma forma consigo manter meus olhos nele.

— Hmm — murmuro baixinho, olhando para a água.

— Isso vai parecer loucura, mas confie em mim, ok? — Trent começa, seu dedo enganchando sob meu queixo e inclinando minha cabeça para cima. Não posso escapar de seu olhar. — Sei que não nos conhecemos há muito tempo, sei que nossas vidas podem nos levar em direções diferentes, mas, meu amor, estou me apaixonando por você. É difícil respirar quando você está longe de mim. Só consigo pensar em quando vou vê-la de novo ou em como posso fazer você sorrir. Eu... é louco e rápido, mas preciso que você saiba, eu falei sério no Colorado. Te quero comigo. Você vai ficar?

Fico olhando para ele até meus olhos queimarem, minha mente analisando cada momento, cada palavra e tudo o que tenho sentido desde que pisei na Flórida. Eu me dei três meses e já quero inclinar a balança para me dar mais tempo. Preciso de mais tempo. A faculdade não vai a lugar nenhum e, embora eu não tenha pensado muito em todos os *campus*, sei que é algo que posso tomar uma decisão mais tarde. Tenho que ver isso antes de sequer pensar em me afastar de meu pai. Eu só preciso de uma saída que não prejudique Trent no processo.

— Sim — digo a ele, minha mente convencida, a luta em mim subindo à superfície.

Os olhos de Trent brilham com triunfo. Não há nenhum aviso antes de sua boca pousar na minha, controlando, buscando e amando. Agarro seus ombros, puxando-me para mais perto. Estou tão desesperada quanto ele para eliminar quaisquer barreiras entre nós. Preciso de Trent perto de mim, me querendo, profundo dentro de mim. Suas mãos deslizam por baixo do meu biquíni e a deslizo sobre a minha cabeça. Agarro as cordas em meu dedo, enquanto empurro meu peito contra o dele, meus mamilos roçando ao longo de seus peitorais. Eu gemo descaradamente em seu beijo, sua língua deslizando com a minha até que eu estou praticamente *nua*.

Trent desliza minha parte de baixo para fora e as entrega para mim antes de agarrar meus quadris. Resumidamente, sou levantada mais para fora da água, antes de ser abaixada diretamente sobre seu pau perfeito. Minha boceta se estende ao redor dele, minha respiração travando um pouco quando o sinto fundo contra o meu colo do útero. Seus quadris rolam para encontrar os meus, esmagando meu clitóris contra seu osso pélvico com fricção suficiente para fazer minha cabeça inclinar para trás ao mesmo tempo em que minhas unhas arranham suas costas. Sinto uma pequena pontada de dor e prazer e gosto disso. Ele é tão profundo, tão perfeito e meu.

A água se agita ao nosso redor, esquentando nossa pele e batendo nas minhas costas. As pontas do meu cabelo giram na água, antes de os dedos de Trent cravarem nas mechas, sua mão segurando a parte de trás da minha cabeça enquanto ele chupa a pele do meu pescoço. Seu quadril fica frenético, enquanto o meu próprio trabalha para encontrá-lo impulso a impulso. Pequenos sons saem da minha boca, seu nome como um apelo constante em meus lábios.

— É isso, Scar — ele me encoraja, a mão no meu quadril me levando ao seu pau mais rápido, mais áspero, mais forte. — Goze para mim, baby. Quero ver você chegar ao limite enquanto engole meu pau com sua boceta apertada. — Suas palavras são minha ruína, e eu gozo, apertada em volta dele, gritando minha libertação para o céu, grata que a praia está isolada. Trent morde meu lábio, antes de puxar e se liberar contra meu estômago.

Flutuamos de volta para a costa e Trent consegue colocar meu biquíni de volta. Minhas pernas vacilam quando alcançamos a areia. Fico tremendo, enquanto Trent me entrega minha camiseta e veste suas próprias roupas novamente.

— Devíamos voltar. — Ele sorri e meu coração bate forte no peito. Sei que precisamos, mas outra parte de mim anseia por ficar aqui neste momento para sempre. Trent se abaixa e me pega como uma noiva, carregando-me de volta para a moto. Ele vira a perna e me coloca sobre o colo. Suas mãos embalam meu rosto e ele me beija mais uma vez, docemente.

— Acho que você me arruinou.

Minhas bochechas ficam vermelhas e eu abaixo a cabeça. Se continuar assim, sou eu que vou ficar arruinada. Ele pode estar se apaixonando por mim, mas tenho certeza que acabei de dar a ele uma parte da minha alma naquele oceano. Preciso descobrir uma maneira de sair deste trabalho se quero ter alguma chance de nos manter vivos.

CAPÍTULO 10

SCARLET

A multidão aplaudindo acima de mim me avisa que a corrida acabou. Ouvir o nome de Trent entoado através das camadas de concreto que nos separam faz meu coração disparar. Graças a Deus ele venceu! Eu deveria estar lá torcendo. Quero que ele olhe na multidão e me encontre, para que eu possa comemorar o momento com ele. Nos últimos quatro meses, cumpri minha promessa a Trent. Usei o tempo que estava me descobrindo para viajar pelo Meio-Oeste com eles, disputando corridas em Dakota do Sul, Ohio, Illinois e até Michigan. Trent estava acumulando vitórias e a AfterHours o aclamava como o "Homem Imbatível". Sua carreira estava atingindo o auge e eu estava ficando sem tempo.

Com meu pai parado na minha frente no estacionamento subterrâneo, tive que empurrar a namorada amigável e solidária que amava motocross para debaixo do tapete e puxar para fora a especialista em armas e a máquina de matar que eu deveria ser. Não podia deixá-lo cheirar o medo que eu estava usando no momento, como o perfume da temporada. Raul Alverez não aceita a derrota e definitivamente não toleraria que uma mulher, sua filha ou não, saísse da linha.

— O que você tem para mim? — ele pergunta de novo, e eu estremeço internamente, sabendo que ele odeia ter que perguntar algo mais de uma vez.

— Eu te enviei o celular — eu o lembro, empurrando para baixo a culpa borbulhando no meu peito. Este é o terceiro celular que eu mando para ele, e todas as vezes, acho que serei pega por Trent. Não sei quantas vezes mais ele pode ser convencido de que perdeu ou esqueceu onde colocou seu próprio celular.

— O celular, o celular — ele murmura baixinho, olhando para o relógio de ouro adornando seu pulso. — Não há nada nos celulares!

— Eu comunico cada passo do caminho — eu falo. — Conto a vocês seu cronograma de corridas, quanto ele ganhou naquela disputa e quem são seus patrocinadores.

— Tudo isso não significa nada, *mija*. — A voz do meu pai fica fria, um olhar desprendido cruzando suas feições, apesar de ele me chamar de filha.

— Diga-me o que você está procurando, então — eu negocio, minhas mãos pousando na cintura.

Ele fica em silêncio, seus olhos vagando por mim, procurando o que ele acha que são mudanças e falhas em sua arma favorita. Tento não ficar inquieta enquanto ele olha para meu short e camiseta azul marinho que diz: *ame, viva, pilote*, com uma camisa de flanela combinando por cima. Estou muito longe da garota que ele deixou viajar para a Flórida há quatro meses.

O carro escurecido em que meu pai sempre viaja vem virando a esquina antes de parar ao nosso lado. Sinto meu corpo começar a relaxar quando vejo Castillo sair, pensando que ele está aqui para pegar meu pai. Só que ele abre a porta dos fundos e meu pai estende a mão.

— Venha.

Dou um passo à frente, forçando-me a mover um pé na frente do outro e não entrar em pânico. O rugido da multidão acima de nós fica mais alto e meu corpo de repente fica frio. Levanto a sobrancelha e olho entre eles. — Eu deveria estar lá em cima. Se eu sair agora, ele saberá que algo está acontecendo.

A cabeça do meu pai se inclina para o lado, pensativo.

— Mande uma mensagem para ele. Você vai pensar em algo.

Está na ponta da língua dizer que Trent não tem mais um celular, mas engulo as minhas palavras, pego o celular e envio uma mensagem para o número de contato de Dean.

> Eu: Não me sinto bem. Pode dizer a ele que voltei para a casa? Encontro vocês mais tarde.

Aperto enviar e coloco o telefone no bolso novamente antes de deslizar para o banco de trás. Meu pai sobe ao meu lado. Castillo fecha a porta e dá a volta pela frente antes de entrar novamente. Saímos do estacionamento e noto que o atendente finge não ver nosso carro. Eu quero rir, mas consigo segurar. Preciso descobrir o objetivo disso agora. Desde o México, tenho jogado um jogo diferente do meu pai, um em que consigo minha liberdade e espero salvar Trent ao longo do caminho.

Nós dirigimos para fora da cidade de Detroit em uma área rural, a maior parte coberta por florestas. A viagem de carro foi silenciosa e meus olhos devoraram qualquer informação que pudesse ser útil. Sinto meu celular vibrar no bolso várias vezes e luto contra a vontade de agarrá-lo. Castillo de repente faz uma curva em uma estrada de terra, uma placa na frente diz "propriedade privada". Cascalho e rocha quicam contra os pneus por alguns quilômetros antes de um grande edifício de concreto e tijolos aparecer. Pelo menos vinte carros estão estacionados ao lado em uma clareira, e alguns homens permanecem do lado de fora da porta principal que mais parece a abertura de uma garagem.

— Você me trouxe para uma festa? — Viro-me para meu pai, cujos olhos estão fixados nos homens a frente.

— Vamos. — Ele gesticula para mim, assim que Castillo está lá para abrir a porta.

Papai sai do carro como se estivesse chegando no tapete vermelho. Seus dedos abotoam o casaco, as mãos alisando a frente. Eu saio em seguida e as cabeças se voltam para mim. Luto para ignorar os olhares descarados e sigo atrás de meu pai, até a porta. Quando estamos mais perto, posso dizer que esses homens não são convidados de festas. Eles estão portando armas e possuem um ar de segurança.

Somos liberados para entrar sem questionamentos. Não tenho certeza do que estava esperando, mas tudo que encontro é um corredor. Nós viajamos por um labirinto complicado de mais corredores, antes de chegarmos a um conjunto de escadas que levam para baixo. Agora eu posso ouvir a torcida, a gritaria e, pior, os gritos femininos de medo. Desconforto ondula em meus braços. Meu pé vacila no primeiro passo, antes que as grandes mãos de meu pai segurem meu ombro e me impulsionem para frente. Com ele de um lado e Castillo do outro, sou levada escada abaixo até um conjunto duplo de portas vermelho-escuras. Castillo estende a mão e bate os nós dos dedos em um ritmo definido. Esperamos alguns segundos antes de a porta ser aberta por um senhor de smoking e sermos conduzidos para dentro.

O ar está tingido com o cheiro acobreado de sangue, tão espesso que posso sentir o gosto no fundo da garganta toda vez que inalo. Sangue, sexo e o cheiro pungente de urina e suor. Quero gritar e berrar com todas as pessoas na sala até que minha voz fique rouca. Meus dedos coçam por minha pistola 9 mm que está trancada em casa para tirar a vida de cada pessoa que está aqui, que pensa que os atos obscenos que acontecem atrás das janelas de vidro são normais. Estou enojada, horrorizada e zangada com ele por me trazer aqui. Mantenho os olhos focados em qualquer coisa, qualquer outra coisa no grande e sufocante edifício. Percebo os rostos dos homens aplaudindo, os homens tateando por cima das calças dos ternos, até mesmo os que estão parados ao lado bebendo em copos de vidro e agindo como se isso se tratasse de um evento esportivo. A bile sobe pela minha língua e eu engulo repetidamente para mantê-la dentro de mim. Minha pele está úmida. Faço uma promessa aqui e agora de que algum dia vou descobrir quem são esses homens e fazer de suas vidas um inferno.

Se meu pai está ciente do meu desconforto interno, ele não comenta. Com sua mão no meu ombro, não tenho muitas opções de para onde ir. Ele me guia no meio da multidão até um loft isolado por cordas acima dos horrores das jaulas. Uma comitiva de segurança está lá, enquanto um pequeno grupo de três homens reclina-se em espreguiçadeiras forradas de um tecido luxuoso e macio.

— Ah, Raul — diz um dos homens, chamando meu pai e se levantando para apertar sua mão.

— Raz — responde meu pai.

Meu olhar encontra o próximo homem e fico horrorizada ao ver o quão jovem ele é, e pior, que ele é atraente. Seu rico cabelo cor de mogno está preso atrás das orelhas, brincos de diamante decorando ambos os lóbulos. Seu rosto é anguloso, com sobrancelhas grossas e pele morena bem barbeada.

— Esta é minha filha, Scarlet — diz meu pai ao homem, e sou conduzida para a frente. O homem estende a mão e estou relutante em segurá-la, com medo de onde ela esteve e ainda mais sabendo que é responsável pela depravação que está acontecendo abaixo de nós.

— Estou muito feliz em conhecê-la. — Os olhos dourados do homem passam de meu pai para mim. — Ouvi tudo sobre você e suas habilidades.

— Nunca ouvi falar de você — retruco, minha mão apertando a dele antes de soltar.

Ele sorri, e eu juro que seu ar se transforma em algo escuro e predatório.

— Vamos ter que corrigir isso, não é? Se quisermos fazer negócios juntos no futuro. — Ele acena com a cabeça para o meu pai, voltando seus olhos para mim neste momento.

Levanto meu queixo, a sobrancelha erguida, e mordo minha língua por enquanto. Obviamente, ele conhece o trabalho que faço e, de alguma forma, meu pai tem um relacionamento com ele, mas ainda não é um relacionamento comercial.

— Você vai ficar, Raul? Podemos trazer mais bebidas — diz o homem, antes de se sentar novamente e gesticular para que meu pai se junte a ele.

Meu pai sorri antes de balançar a cabeça.

— Não esta noite, eu temo. Tenho que levar Scarlet de volta para seu trabalho. — Sua boca se aperta em uma linha reta. — Eu só queria que ela conhecesse um possível candidato a casamento para sua adorável prima.

Meu coração afunda quando ele diz as palavras, meus olhos piscam e minha boca fica seca de repente. Se eu não suspeitasse que seria drogada por pedir uma bebida aqui, eu pediria uma para tomar. Ele não pode estar falando sério.

— Claro — Raz concorda, seu dedo acariciando o queixo enquanto me analisa, dos meus pés cobertos com All Star até o topo da minha cabeça. — É um prazer conhecer minha possível futura prima postiça.

Quero vomitar em todo o seu terno caro e amigos pretensiosos. Só por cima do meu cadáver Evita vai se casar com este homem. Endureço minha espinha e mantenho meus lábios presos em um sorriso sinistro. Meus olhos passam pelas gaiolas novamente. Não há como nem metade das mulheres ser maior de idade e há vários níveis de consentimento duvidosos, pelo que posso dizer. Meu estômago dá um nó. Está custando todo autocontrole dentro de mim agora não estender a mão e pegar a pistola no coldre ao lado deste homem e explodir seus miolos por todo o espaço. Isso significaria guerra. E não posso arriscar a imagem profissional que construí.

— Vamos deixá-los com sua diversão, então, senhores — diz meu pai, sua voz cheia de humor quando fala isso.

Os outros dois compartilham sorrisos cúmplices enquanto Raz me olha através de uma baforada de fumaça de cigarro. Sustento seu olhar, desafiando-o. Ele nunca terá Evita e seus dias controlando esse tipo de bordel doentio estão contados. Sorrio como uma loba antes de seguir meu pai e Castillo de volta para o andar principal.

Prendo minha respiração até voltarmos para fora, sugando uma grande quantidade de ar puro em meu peito. Uma fina camada de suor cobre minha pele e sou grata por estar coberta. Esperamos em silêncio pelo carro. Estou muito perdida em meus próprios pensamentos para prestar atenção em meu pai, que não tirou seus olhos redondos de mim. Desta vez, estou mais do que disposta a entrar no carro, esperando que ele se afaste o máximo possível deste lugar infernal. Passo a mão sobre o cabelo e puxo tudo para o lado, dando ao meu pescoço um pouco de ar.

— Quando você se afasta demais, *mija*, às vezes precisa de um lembrete de onde deveria estar. — A voz baixa e firme de meu pai enche o banco de trás. Eu não respondo ainda. — Se eu não começar a ver resultados ou continuar tendo que rastreá-la, vou me certificar de ajudar Raz a causar uma boa impressão na minha irmã e no meu cunhado. Afinal, ele é um homem muito rico.

— Ela não tem nada a ver com isso. No final do verão, ela vai para casa. Evita fez a sua parte — digo a ele, mantendo a súplica fora da minha voz. — Eu vou cuidar de Nichols. Só preciso descobrir onde está seu ponto fraco. Tudo sobre ele está fortemente guardado.

— Sei que você pode ser mais criativa do que isso. — Os olhos do meu pai deslizam sobre mim.

No escuro, ele não consegue ver o rubor subindo pelo meu pescoço. Claro que ele sugeriria que eu vendesse meu corpo por um pouco de informação. Nem me preocupo em insinuar que já dormi com Trent. Eu o deixei me foder cinco vezes neste domingo, mas ele não sabe disso.

— Vou dar um jeito — respondo, mantendo meus olhos treinados para fora da janela.

— Eu sei que vai, Scarlet. Você sabe o que acontecerá com Evita se não o fizer. Não posso imaginar os danos que um homem como Raz causa por aí, se é isso que ele e seus amigos acham divertido fazer em uma noite de sábado — ele pondera. — E para celebrar sua recém-descoberta solteirice de todas as coisas. É uma pena que a noiva dele tenha desaparecido.

Meus olhos se fecham antes de abrir novamente. Eu não serei fraca. Minha mente grita para que eu faça o que for preciso, se isso significar salvar Evita.

Entro no bar de luxo que eu deveria ter chegado duas horas atrás, no início surpresa que essa era a escolha para a noite, antes de me lembrar do porquê. Depois da corrida, a amiga de colégio de Trent, Shay, se encontrou conosco. Ela estava na cidade visitando a família e ficou mais tempo, sabendo que Trent estaria aqui também.

Eu os vejo imediatamente, sentados em uma mesa nos fundos. Trent olha para seu novo telefone sobre a mesa, enquanto a garota em frente a ele fala animadamente com as mãos. Ele está incrível em uma camisa preta de botões, seu cabelo bagunçado, como se tivesse passado o dedo nele por horas. A culpa aperta meu estômago quando percebo a forma como sua testa está franzida, os lábios em uma linha sombria. Eu sou responsável por esse visual.

No minuto em que meu pai me deixou na frente da arena e saiu em disparada, a primeira coisa que fiz foi vomitar na calçada. Definitivamente, não ganhava pontos de assassina dessa maneira. O único consolo foi que de alguma forma consegui segurar durante todo o tempo que estive naquele prédio.

A próxima coisa que fiz foi puxar o telefone do bolso de trás para encontrar uma série de mensagens de texto perdidas e duas chamadas do telefone de Dean.

> Dean: Eu direi a ele.

> Trent: Sou eu, Scar, você está bem?

> Trent: Devo ir para casa primeiro?

> Trent: Posso cancelar com Shay se não estiver se sentindo bem.

> Trent: Scar, você não está aqui. Onde diabos você está? Você está bem?

A última foi minutos antes de eu verificar. Eu rapidamente peguei um Uber e corri para onde estávamos hospedados. Subi as escadas correndo. Escovei meus dentes e prendi o cabelo em um coque, antes de tomar o banho mais curto do mundo. Coloquei um vestido preto e acrescentei um batom vermelho antes de voltar para a cidade.

Respirando fundo, vou até a mesa deles, mantendo um sorriso estampado no rosto. Trent me vê primeiro e se põe de pé. Meus olhos vasculham cada centímetro dele, percebendo o jeans rasgado e o botão aberto em sua camisa. Ele é tão sexy sem nem tentar. Meu maldito coração salta no peito para sentir seus braços em volta de mim. Eu mal chego a ele quando ele está caminhando para mim, suas mãos segurando meu rosto.

— Você está bem?

Minhas mãos deslizam sobre as dele e dou-lhe um sorriso suave.

— Eu simplesmente não me sentia bem. Dei uma caminhada e perdi a noção do tempo.

— Eu mandei mensagem e liguei. Quase perdi a cabeça, Scar. — Ele inclina sua testa contra a minha, me inspirando.

— Eu sei, esqueci meu telefone. Me desculpe — digo, sentindo muito por mentir.

— Não, tudo bem. Estou feliz que você esteja bem. — Ele se endireita e cruza minha mão na sua, trazendo-me para a mesa. — Scar, esta é minha amiga, Shay.

— Oi — digo, estendendo a mão para ela timidamente, seu aperto suave na minha, e ela sorri com sinceridade.

— Estou tão feliz por você ter vindo. Trent me disse que você não estava se sentindo bem.

— Sim, acho que não foi uma boa decisão comer um bife a role hoje. — Finjo uma careta.

A cabeça de Shay se inclina para trás quando ela ri.

— Não! Não parece nada apetitoso.

Sento-me ao lado de Trent, e sua mão pousa instantaneamente no meu joelho, agarrando minha carne, como se ele estivesse com medo de que eu desaparecesse. Um garçom para em nossa mesa e eles pedem mais bebidas, enquanto eu tomo água. Eu ouço Shay falar sobre a faculdade e como ela conheceu Trent.

— Idiota. — Ela ri. — Estou tentando falar com você há semanas para planejar isso. Estava com medo de não conseguir entrar em contato novamente.

Trent ri.

— Eu precisava conseguir outro telefone. Vou ter que mantê-lo comigo em todos os momentos em breve.

— Outro telefone, esse é o quê, o quarto?

Quinto. Eu penso na minha cabeça e desejo que o chão me engula inteira.

Trent encolhe os ombros.

— Nós viajamos muito, isso pode acontecer.

— Sim, eu acho — Shay responde.

Fico de fora da conversa. Saber que sou a parte culpada é o suficiente para me fazer querer vomitar novamente. Pensei que poderia fazer isso. Achei que meu plano fosse sólido, enquanto trabalhava para sair dele.

Quando abracei Evita para me despedir, disse a ela que poderia terminar. Agora tudo está se desfazendo. Não me sinto fora de controle desde os quinze anos. Cada trabalho, todos os dias que passo treinando, é para não ficar desamparada. Eu morri no dia do meu primeiro assassinato. Eu me levantei dos mortos e prometi a mim mesma que nunca seria tão vulnerável novamente. Aqui estou eu, no entanto. Duas pessoas para salvar, e nenhuma pista de como farei isso funcionar.

Minha mente está tão confusa que não reconheço a calmaria na conversa de imediato. Meu olhar se move rapidamente para encontrar Shay olhando para mim.

— Desculpe. — Estremeço. — Ainda não estou me sentindo bem.

— Está tudo bem. — Trent se vira para mim. — Quer que eu leve você de volta?

— Não! — falo muito alto. — Não, eu vou ficar bem. Vou mandar uma mensagem quando chegar lá. Sinto muito, Shay. Eu estava realmente ansiosa para conhecê-la.

Ela me dá um meio sorriso, como se pudesse ver através de mim.

— Espero que você se sinta melhor. Faremos isso de novo. — Eu aceno rigidamente para as suas palavras. No momento, não sei se vou vê-la novamente. Sorrindo com força, levanto-me e consigo rastejar para fora do prédio antes de quebrar.

No minuto em que viro a esquina, as lágrimas que segurei a noite toda, porra, pelos últimos três anos, jorram de mim. Meu peito arfa e minha visão fica embaçada. Minha mente está tão envolvida em meus pensamentos que nem percebo que um corpo de terno apareceu na minha frente.

— Sinto muito — murmuro e tento contornar o homem.

— Scarlet Reyes — ele diz meu nome, parando-me no meio do caminho.

Eu me viro para ele, observando seu cabelo escuro bagunçado, olhos penetrantes e alta estatura. Em algum lugar da minha memória, ele parece vagamente familiar, mas não consigo identificá-lo. Eu não respondo, apenas fico parada. Ele não é um trabalho anterior; eu nunca o vi perto dos homens do meu pai ou do complexo. Não consigo identificá-lo, mas tenho a sensação de que o conheço de algum lugar.

Ele estala a língua antes de caminhar até mim, seus dedos mergulham no bolso da camisa e puxa um cartão branco.

— Detetive McCall — diz, enquanto sinto meu sangue drenar do meu rosto. Sua cabeça se inclina para o lado, estudando-me.

— Você é mais jovem do que eu esperava.

— Não sei do que você está falando — consigo responder, mantendo a voz firme.

Ele grunhe.

— Claro, criança. Olha, estou estendendo uma bandeira da paz agora. Sei que você me conhece. E eu com certeza estou ficando ciente do pequeno negócio que você está construindo além da fronteira. Aqui vai meu conselho. Caia fora. Saia fora agora e do alcance de Alverez antes que ele te mate.

Encolho os ombros.

— Quem?

O detetive McCall me olha com cautela, provavelmente não sendo pago o suficiente para lidar com adolescentes malcriados e irritadiços. Adicione isso junto com um pouco de angústia e *voilà*, aqui estou.

— Okay. Bem, tente me contatar antes de olhar para o cano de uma arma ou cavar sua própria vala, princesa. Só porque ele fez de você sua própria arma pessoal, não significa que outra pessoa não pode ajudá-la a encontrar a paz.

Não tenho ideia de quanto tempo fico ali observando o detetive indo embora. Tempo suficiente para que a aversão a mim mesma apareça. Para meu mundo se estilhaçar e quebrar. Quando sempre sou eu que devo salvar, as decisões foram fáceis. Eu não questionei minhas matanças. Eu absolutamente não me emocionei ou me apeguei. Desta vez, é uma decisão entre meu coração e minha família. Como posso viver sem nenhum dos dois? Viro o cartão em meus dedos antes de jogá-lo no chão. Foda-se esse jogo.

CAPÍTULO 11

TRENT

— Sua cabeça está no jogo hoje, cara? — Sam pergunta, seus olhos avaliando tudo sobre mim. Meu olhar permanece focado nas motos de treino correndo pela pista, enquanto estico o pescoço.

— Por que não estaria? — respondo de forma cerrada, olhando para o piloto número um de nosso time rival, Dirt Grinders. O cara vem chamando atenção pelo Sul e está classificado com apenas alguns pontos abaixo de mim.

— Você parece preocupado ultimamente — Sam responde, com sinceridade. Uma coisa que sempre aprecio nos meus amigos é que eles não têm medo de reclamar de suas besteiras, especialmente se isso afeta a AfterHours.

— Está tudo bem — minto por entre os dentes, antes de bater em seu ombro com o punho e fazer meu caminho para o vestiário. Faltam três horas para a corrida e eu preciso descobrir algumas merdas.

Três meses se passaram desde a série em Detroit, e Scarlet se tornou uma pessoa diferente. Ela fica fechada durante o dia e mal percebe quando estou por perto. Ela é breve ao falar comigo sobre como passa seus dias e se recusa a discutir o futuro. Quando nos conhecemos, há quase oito meses, ela tinha um plano. Sim, eu atrapalhei um pouco ao pedir a ela para vir comigo, mas não a impedi de verificar as faculdades quando estamos em cidades que ela quer ver. Não solicitei nenhum dinheiro a ela, então sei que o estoque que ela economizou para a faculdade, especificamente, ainda deveria estar lá. Até me ofereci para trazer Evita para uma visita, e ela negou, rápida e enfaticamente.

Eu ficaria preocupado se ela estivesse entediada ou se arrependesse de sua decisão de ficar, exceto por todas as noites em que ela trepa em mim como um animal. A química não morreu. De dia, é como viver com uma estranha e à noite, não podemos manter nossas mãos longe um do outro. Eu nem cheguei aos armários para tomar banho depois da corrida na noite passada. Scarlet me encontrou no túnel e eu acabei dobrando-a sobre minha moto no trailer, minha mão tapando sua boca para conter seus gritos. Foi intenso e toda vez que transamos agora, parece que ela está derrubando uma barreira apenas para construir outra, mais alta, no dia seguinte.

Scarlet não disse se é sua família ou seu pai. Tudo o que consigo pensar é sobre quando ela voou para casa pouco antes do Colorado. Ela nega que tenha algo a ver com isso. A única outra vez que consigo pensar que não parece certo foi em seu desaparecimento em Detroit, logo antes de tudo acabar. Ela disse que não se sentia bem, mas não consigo deixar de pensar que há mais. Meu instinto geralmente não está errado sobre essas coisas e cada terminação nervosa fica no limite sempre que a vejo.

Sou o único no vestiário, então tomo um banho quente, deixando a água correr pelos meus músculos e me forçando a relaxar. Eu saio e me troco, antes de sentar e conectar meus AirPods. Como o almoço que empacotei antes e concentro-me em todas as maneiras que preciso melhorar esta noite, para que aquele idiota do Dirt Grinders não me ofusque em pontos. Nova York é um grande campo de batalha que preciso vencer.

Ela não está aqui. Corri meu melhor tempo e acertei a manobra do Escorpião em que estive trabalhando nas últimas semanas. Peguei a rosa vencedora, com a intenção de entregá-la a Scarlet, apenas para descobrir que ela nem mesmo veio. Contra a insistência da AfterHours, ignorei a entrevista e fui direto para o vestiário. Eu não precisava ouvir de Dean, Sam ou Elias para saber que eles pensavam que eu tinha enlouquecido. Tudo que me importava é por que ela não apareceu. Eu precisava vê-la, perguntar a ela e resolver nossos problemas.

Levei minha moto pessoal de volta para a casa que estávamos alugando, depois de mandar a Dean uma mensagem rápida para que todos nos déssem algum espaço no caso de precisarmos discutir sobre alguma merda. O lugar está escuro quando eu volto e entro.

— Scar! — grito escada acima onde fica o loft. Ela não responde. Corro até o porão onde nossas coisas estão arrumadas. Sua mala ainda está no chão, aberta e as roupas estão estendidas nos braços do sofá. A porta do banheiro está totalmente aberta e a luz ainda está acesa. — Scarlet? — Olho por trás da porta para a banheira, mas ela está vazia. Tirando meu telefone do bolso, teclo o botão de discagem novamente e ele toca várias vezes antes de chegar ao correio de voz.

Irritado e preocupado, corro de volta escada acima e pego as chaves da mesa. Abro a porta da frente, decidido a dirigir pela cidade até encontrá-la. Estou tão irritado que até penso em maneiras de pegar o telefone dela, sem que ela saiba, e instalar algum tipo de dispositivo de localização nele. Com um pé na varanda, quase batemos um no outro. Minhas mãos se estendem automaticamente para pegá-la quando cambaleia para trás.

— Merda, você me assustou — ela murmura, endireitando-se.

Meus olhos varrem sobre ela, percebendo o olhar cansado e agonizante em seu rosto e o coque bagunçado. É outono agora, e as temperaturas caíram drasticamente aqui na costa leste, mas Scarlet está correndo por aí apenas com legging e uma das minhas camisetas.

— Onde você estava? — pergunto, olhando por cima do ombro. Ninguém a deixou aqui, então ela deve ter caminhado.

Seus olhos se estreitam.

— Eu precisava de um tempo para mim. Tenho muita coisa acontecendo. — Scarlet passa por mim e entra na casa.

Sigo seus passos.

— O que está acontecendo? Talvez se você compartilhar, eu possa ajudar.

— Eu não quero sua ajuda. Não há nada que você possa fazer. — Ela continua caminhando em direção à escada. Minha mão se estende e agarra seu braço, virando-a para me encarar.

— Eu quero ajudar. Você está obviamente chateada.

— Ou talvez eu só precisasse de um tempo sozinha para respirar! — Sua voz se eleva e minha raiva também.

— Você pode ter o tempo que quiser para respirar, mas pelo menos me avise quando, então não me preocupo se você está perdida em algum lugar ou, Deus me livre, que algo aconteça quando você não estiver comigo.

Ela desdenha.

— Nada vai acontecer comigo. Posso matar um homem usando o polegar e o indicador.

— Não tenho nada a dizer sobre isso. — Encolho os ombros, um pouco desconcertado.

— Posso ir para a cama agora? — Ela bufa e começa a se virar.

— Scar — chamo seu nome e ela para. — Eu estava preocupado, ok? Entendi que você precisa de algum tempo ou espaço, mas eu não tinha ideia. Não conseguia encontrar você.

— Eu não fui longe. E não deveria ter que dizer a você cada movimento meu, Trent. Sou adulta. Eu só precisava me afastar de tudo isso, para poder pensar.

— Se afastar de quê? De mim? Sobre o que você precisa pensar? Eu quase não te vejo ou falo com você do jeito que as coisas estão. Você sai do seu caminho para me evitar ou me ignorar antes de eu sair para treinar ou correr. Eu nem sei o que está acontecendo com você. — Minhas mãos correm pelo meu cabelo, puxando-o, e dou um passo para trás. Meus olhos ardem e quero estremecer com a maneira como estou implorando para que ela fale comigo.

Sua cabeça se vira para o lado e vejo sua garganta trabalhando. Seus braços estão cruzados defensivamente, mas isso não impede que seu peito suba e desça rapidamente.

— Scar...

Ela bufa e desce as escadas pisoteando. Eu sigo atrás dela, meu queixo caindo quando ela começa a enfiar suas coisas em sua mala.

— O que você está fazendo?

Scarlet me ignora, movendo-se ao redor da sala, agarrando tudo que é dela e algumas coisas que não são.

— Scar?

— Estou indo embora — ela sussurra, os olhos arregalados, as lágrimas ameaçando derramar. — Eu não posso fazer isso.

— Fazer o que? Ei, fale comigo, podemos resolver isso. Posso te ajudar.

— Não! — Ela se afasta. — Não, você não pode. Pare de pensar que você é o Superman e que pode consertar tudo o tempo todo. Você não tem ideia da pressão... — A voz dela some. As lágrimas caem livremente por seu rosto e ela as enxuga com a manga.

— Então me diga e eu posso pelo menos ajudar com o peso nos seus ombros.

Sua cabeça balança de um lado para o outro.

— Apenas pare, Trent.

Estou congelado no lugar quando ela começa a se mover em direção às escadas. Meu coração afunda quando a ouço calçar os sapatos perto da porta. Meu peito aperta até que não consigo respirar ou pensar quando a porta se fecha atrás dela.

O som da porta fechando finalmente me coloca em movimento. Raiva e medo estão lutando em meu sistema. Só sei que não posso deixá-la ir. Meus pés batem no chão até que eu a alcanço na metade do quarteirão, tentando chamar um táxi.

— Scar! — chamo seu nome e ela se vira, mantendo a mão no ar.

Meus braços balançam, impulsionando-me para frente até que eu a alcance. Eu não hesito, eu não penso, apenas coloco as mãos em volta do rosto dela e me inclino até meus lábios tocarem os seus. Eu posso sentir o gosto das lágrimas salgadas em seus lábios gelados, seu nariz está frio onde toca a borda da minha bochecha. Eu uso minha língua para afastar sua tristeza, segurando seus soluços e empurrando todos os meus sentimentos de volta para ela. Seus dedos parecem gelo quando tocam a pele nua dos meus braços, e eu estremeço, aproximando-me de seu corpo, tentando forçar o calor do meu dentro dela.

Quando eu finalmente me afasto, seus olhos estão suaves e vermelhos, sua boca está em uma linha de beicinho, mas seus lábios estão vermelhos e ela está respirando com dificuldade. Pontos vermelhos cobrem suas bochechas de tanto chorar. Porra, ela é linda.

— Eu amo você. — Seus olhos se arregalam. — Você está certa, não tenho ideia do que você está passando. Eu apenas te amo. Você pode confiar em mim. Eu quero isso com você. Podemos fazer funcionar, Scar.

Sua cabeça cai, um soluço escapando de sua boca. Envolvo um braço em volta de sua nuca e a puxo para mim. Ela vem de boa vontade, seus braços envolvendo minha cintura, enquanto seu corpo treme. Puta merda, está frio aqui fora, posso ver minha respiração no ar, mas fico lá e a seguro até que pare de chorar de qualquer maneira. Eu a amo. Eu realmente não tinha planejado dizer a ela dessa forma, mas é verdade mesmo assim. Estou tão apaixonado por essa garota que faria qualquer coisa.

Scarlet se afasta, sua mão alcançando meu rosto, ela acaricia meu queixo, seus olhos fixos em meus lábios.

— Leve-me de volta — ela murmura baixinho, inclinando a cabeça de volta para a nossa casa alugada.

Pego uma de suas mãos e, com a outra, seguro sua mala. No segundo em que chegamos à porta, ela choca seu corpo com o meu, envolvendo os braços em meu pescoço, e eu a levanto até que suas pernas circundem minha cintura. Nossos lábios se fundem, brutos, famintos e quase desesperados.

Consigo nos levar de volta ao nosso quarto e tranco a porta antes de colocá-la no chão. Ela pega minha camisa, empurrando-a para cima e sobre o meu peito, até que eu possa puxá-la o resto do caminho. Suas mãos alcançam minhas calças de treino, puxando-as para baixo, para que eu possa sair delas. Ela recua e eu a sigo, gostando de tirar meu moletom dela. Seus joelhos batem na cama e ela cai para trás. Meus dedos enganchem nas laterais de suas leggings e as puxo para baixo de uma vez. Ela foge para trás e eu a sigo, meus lábios tocam qualquer centímetro de pele que se aproxima deles no caminho. Seu corpo está frio contra a minha pele aquecida quando caio em cima dela, os braços envolvendo seu rosto. Seus braços me envolvem, suas unhas cravando em minhas omoplatas.

— Eu também te amo — sussurra Scarlet, seus lábios roçando nos meus.

Quatro pequenas palavras e eu perco todo o controle. Minha boca mergulha na dela, puxando seus lábios, enquanto nossas línguas lutam. Passo a mão sobre sua frente, espalmando seu seio antes de parar para beliscar seu mamilo. Ela engasga em minha boca e seu torso se arqueia para fora da cama. Senti-la contra mim me deixa louco e tudo que eu quero é estar dentro dela, profundo e duro. Ela deve sentir o mesmo, nossas mentes perdidas no atordoamento e na névoa que está nos envolvendo. Ela se senta, me rolando e monta no meu colo. Minhas mãos são rápidas para nos livrar de todas as outras barreiras entre nós.

Scarlet fica de joelhos e eu alinho meu pau, antes de puxá-la para baixo. Um pequeno grito sai de sua boca, sua cabeça cai para trás e um rubor rosa percorre sua pele bronzeada. Inclino meus quadris para cima, forçando-a ainda mais para mim, e agarro seu cabelo em minha mão, puxando seu olhar para o meu. Os olhos de Scarlet brilham, suas bochechas ficam vermelhas e os lábios se abrem enquanto ela rola os quadris contra os meus. Meu coração dispara, vendo-a se mover acima de mim. A sensação é mais elétrica do que qualquer manobra na minha moto ou emoção da multidão. Eu anseio por ela. Eu preciso dela. Eu quero que ela seja minha de todas as maneiras possíveis. É um canto na minha cabeça enquanto eu bombeio nela repetidamente, enquanto meu polegar sobe para brincar com seu clitóris.

Não demora muito para que suas pernas se contraiam e sua boceta estrangule meu pau enquanto goza em cima de mim. Seus lábios caem nos meus, os dentes se chocando, enquanto ela grita sua liberação em minha boca. Eu a beijo através dela, não deixando nenhum de nós respirar, antes de deixar minha própria liberação explodir dentro dela.

Nossos olhares colidem, eu a inspiro e um pequeno sorriso aparece em seus lábios. Scarlet é a coisa mais linda que já vi. Ela desaba em meu peito. Posso sentir seu coração martelando contra minhas costelas. Meu mundo mudou esta noite. Sinto como se tivesse encontrado um pedaço vital da minha alma, um pedaço que eu não sabia que estava procurando. Estou determinado a lutar contra quaisquer demônios dos quais ela está fugindo. Eu nunca vou deixá-los tocá-la.

CAPÍTULO 12

SCARLET

Eu olho para a foto no meu telefone mais uma vez antes de jogá-lo do outro lado do quarto e vê-lo ricochetear na parede. Minha prima estava dançando com Raz na festa de aniversário de sua avó na noite passada. Lágrimas brotam dos meus olhos; parece que tem uma pedra em cima do meu peito e estou presa embaixo dela. O ódio e o medo lutam dentro de mim. Ele está voltando atrás em sua palavra, me pressionando a tomar uma atitude. Aquela cobra nojenta de homem está na vida da minha prima por causa do meu pai, por minha causa.

Já se passaram dois meses desde que Trent e eu discutimos em Nova York, desde que eu disse a ele que o amava e decidi derrubar meu pai, de uma vez por todas. Meu pai está forçando que eu aja agora. Meu tempo está se esgotando, porque ele decidiu que cansou de esperar. Não tenho nenhuma informação para dar a ele. Trent é muito bom. Ele não é o criminoso ou o viciado em que fui levada a acreditar. Também não posso continuar mentindo para ele, fingindo ser uma garota que não sou. Não tenho dormido, não consigo comer ou manter a comida no estômago. A cada segundo de cada dia, estou esperando que meu pai cumpra suas ameaças, ou pior, que Trent descubra quem eu sou.

O pior erro que cometi foi jogar fora o cartão do detetive que me parou em Detroit. Estou finalmente no meu limite. Não posso deixar minha prima se casar com aquele saco de lixo. Eles mudaram o número de telefone de Evita e bloquearam o meu de seu celular, uma demonstração de poder de meu pai, ou eu poderia avisá-la. Não tenho amigos em casa para tentar mandar uma mensagem para ela. Pela primeira vez desde que saí, percebo a quão isolada fui deixada por ele, por mim mesma, pelo ambiente em que cresci e presumi que cuidariam de mim. Por puro instinto de sobrevivência, finalmente dei a meu pai uma solução.

Pela terceira vez hoje, sinto meu estômago se contrair dolorosamente, antes que a bile suba para o fundo da minha garganta. Corro para o banheiro e consigo chegar à privada. Não tenho mais nada em mim, e cada movimento pesado só faz meu cérebro latejar e meus olhos perderem o foco. Quando termino, consigo rastejar de volta para o quarto e me esparramar no chão ao lado do telefone descartado. Soluçando, pego o telefone. A tela está rachada, mas ainda funciona.

> Pai: Envie-me o endereço de onde ele estará. Gosto deste plano, mija.

> Pai: É quase poético que ele esteja de volta lá quando tirarmos tudo dele.

> Pai: Não se esqueça do lado que você está, Scarlet. Eu odiaria que Evita também acabasse morta por sua causa.

Quatro dias. Só tenho mais quatro dias com Trent. Estamos em Los Angeles para as finais da temporada esta semana. Depois da última corrida de sexta-feira, o plano é ir a Araminta para o casamento de dois amigos seus do ensino médio. Finalmente criei um plano que dá a meu pai o que ele quer, ao mesmo tempo em que é a única maneira que sei que Trent pode continuar vivo. Meus soluços ecoam na sala vazia. Não posso mais fingir. Não posso fazer isso por mais quatro dias. Eu o amo. Meu coração está quebrando no meu peito. Ele vai me odiar um dia. No entanto, eu tive que fazer isso. Serei o monstro de sua história enquanto ele permanecer vivo. Amá-lo nunca significou felizes para sempre.

Eu me forço a assistir às filmagens transmitidas pelas redes de notícias locais. Coloco-me de pé e aceito o que fiz para proteger minha prima e, finalmente, a mim mesma. Arruinei sua vida para salvar outra. Corri como uma covarde antes que ele pudesse suspeitar de qualquer coisa. Escondi-me enquanto uma denúncia anônima era dada ao DP de Araminta, que conseguiu um mandado e revistou a casa que Trent estava alugando. Eu aprovei os quilos de maconha, cocaína e pílulas que foram escondidos por toda a casa e as armas que foram enterradas no quintal. Criminalmente, é o suficiente para prendê-lo e possivelmente acusá-lo. Estou rezando inutilmente agora, que alguém, em algum lugar, olhe para isso e descubra que está tudo muito limpo, muito organizado, e Trent sairá dessa livre. A AfterHours já estará supostamente retirando seu patrocínio e isso também é por minha conta.

Meus olhos observam as caixas na cama e um arrepio me percorre. Espero um dia poder explicar. Um dia espero que ele me olhe da mesma forma que naquele dia no oceano, na cidade natal de minha mãe. Com os olhos brilhando, vou até o espelho, tiro o batom vermelho brilhante da bolsa e aplico pesadamente nos lábios. Olho para baixo e vejo o top preto cintilante, cortado com um V profundo na frente, e a calça de couro preta. Visto-os, antes de entrar em um par de saltos pretos.

— Traga o carro — digo a Luis, meu novo motorista, antes de enfiar o celular na minha bolsa.

Luis me leva até a cadeia de clubes no centro de Los Angeles. Meu olhar pousa em Viper's Den, um bar novo na área, que também tem uma reputação por seu envolvimento em atividades criminosas, antes de enviar o local para Evita. Ela aparece dez minutos depois, seu rosto sombrio, a mancha vermelha em seu lábio finalmente desaparecendo.

— Você assistiu as notícias? — ela pergunta quando me alcança. Eu aceno, enquanto ela sinaliza ao barman por uma bebida. — Eu não posso acreditar como isso está terminando.

— Meu pai vai receber o que está vindo para ele — digo a ela, minha voz vazia de qualquer emoção. Recuso a bebida que ela me oferece, e ela mal estremece antes de tomar as duas de uma vez só como se fossem shots.

— Você vai voltar para o México?

— Sim. — Sorrio levemente.

O único consolo que tive por ajudar esta noite foi o direito de voltar para Tulum. Evita olha para o chão e posso ver como seu corpo se fecha. Apenas nos poucos dias desde que meu pai enviou aquela foto, Raz mostrou sua verdadeira face para Evita. Expliquei a ela o que sabia, o que aconteceu e o que eu tive que fazer.

— Eu vou pegá-lo algum dia, Evi — digo baixinho, mas ela me ouve.

Nossos olhos se encontram e ela acena com a cabeça.

— Alguma chance de você levar uma clandestina com você?

Dou a ela um sorriso tenso e aceno com a cabeça, sim. Enquanto faço isso, meu novo alvo para meu projeto de estimação entra. Seus olhos encaram a multidão e eu me certifico de que ele possa ver meu interesse.

— Amanhã na pista de pouso particular fora de LAX — digo a Evi, levantando-me do meu banquinho. — Encontro você lá.

O que quer que ela veja nos meus olhos, ela não comenta e nem precisa. Sei que pareço sem alma. Sem coração. Estou cansada de ser caçada e depois dada como alimento aos lobos quando não salto alto o suficiente. Meu pai está morto para mim. Raul é apenas mais um problema que preciso cuidar. Depois de me certificar de que estou segura e cuidar do que preciso, vou começar a planejar a sua morte.

Eu me aproximo do homem, Paul, não me importo com seu sobrenome, do outro lado da sala e, de alguma forma, consigo não me contorcer quando seus olhos correm por todo o meu corpo, despindo-me completamente. Luto contra a vontade de dar um soco na garganta dele e, em vez disso, ofereço-me para pagar uma bebida. Trinta minutos depois, ele está comendo na palma da minha mão, pronto para voltar comigo para o meu quarto no motel. Sinalizo para Luis, que levanta a sobrancelha para mim. Geralmente não sou do tipo que leva um homem aleatório para casa, ou mesmo namora na frente do meu segurança. Lanço um olhar para ele, que o desafia a me questionar. Como a boa ovelhinha que é, ele volta para a frente do carro e leva a mim e ao meu alvo de volta ao motel.

— Venha me buscar em uma hora — digo a Luis, que balança a cabeça, embora pareça confuso pra caramba.

Com o passar do tempo, consigo levar Paul para o quarto. Eu o beijo com força, punindo-o por ser aquele com quem tenho que fazer isso. Punindo-me por deixar meu pai vencer. Retiro as minhas roupas e, pela primeira vez na vida, deixo um homem nojento me tocar, enquanto o convenço a se satisfazer usando meu corpo. Sussurro coisas sujas para ele. Gosto de assistir. Quero fingir que são meus lábios e não suas mãos. Quero que ele imagine que sou eu. O filho da puta está convencido, seus olhos se fecham e, antes que eu perceba, ele atira seu esperma por toda a sua mão.

— Que nojento, Paul — sussurro em seu ouvido, antes de sair de seu alcance.

Seus olhos saltam e o rosto fica vermelho. Sei que ele está prestes a me xingar e isso é algo que não precisa ser ouvido. Antes que ele possa reagir, minha mão saca a minha adaga, cortando sua jugular. Seu rosto se contorce de surpresa, sua mão subindo para agarrar o pescoço. Não que isso vá ajudar muito. O sangue jorra por toda parte e, eventualmente, ele cai para o lado, caindo de cara em sua própria poça de sangue. Eu recuo e pego meu telefone. Pego minhas anotações e encontro o arquivo de Paul.

Roubo com agressão.

Estrangulamento doméstico.

Agressão sexual de primeiro grau.

Clico em excluir e limpo sua existência do meu telefone, assim como o tirei da face da terra. Ele serviu a um propósito e agora eu vinguei suas muitas vítimas. Sacudo a adrenalina restante dos meus músculos, girando meu pescoço da esquerda para a direita. Olho para o meu telefone e vejo que tenho mais vinte minutos até que Luis chegue. Pego meu telefone e verifico o Twitter. Com certeza #FreeTrentNichols está nos Trend Topics. Meus lábios se contraem. Finalmente, alguém pode ver através da armadilha de merda que eu bolei. Solto minha respiração, rezando para que tudo valha a pena. Luis buzina uma vez ao chegar. Com um último olhar para Paul, sacudo meus cabelos para cima e para baixo e crio um visual bagunçado, beliscando a pele entre meu pescoço e ombro para criar uma marca vermelha, antes de sair pela porta.

— Dirija — digo a Luis assim que entro.

— Você precisa que eu cuide disso?

— E eu lá sou uma amadora? — Levanto minha sobrancelha para ele no espelho retrovisor. Seu olhar desliza para longe do meu. — Ter sumido por quase um ano não significa que esqueci. Eu cuidei bem dele e das filmagens também.

Luis acena com a cabeça e não faz mais perguntas. A meu pedido, ele liga o rádio e eu imediatamente me arrependo quando *How Do You Sleep?*, do Sam Smith, toca nos alto-falantes do carro. O dia inteiro cai sobre mim depois de ouvir o primeiro verso. Quando chega ao refrão, estou internamente uma bagunça. Meus olhos se fecham, enquanto dirigimos para fora do centro da cidade. Espero que, onde quer que Trent esteja, ele possa me perdoar algum dia.

CAPÍTULO 13

TRENT

Esta noite está se tornando confusa mais rápido do que eu pensava que seria. Não fiquei muito animado de início quando Jay e eu fizemos planos, mas agora que estou aqui, é ainda pior. Já se passou uma semana desde que Scarlet se sentou em nosso distrito secreto e recapitulou sua infância confusa, entrou em detalhes audaciosos sobre o dia em que ela fodeu minha vida, e então continuou preenchendo todos os espaços em branco sobre o que ela tem feito desde então.

Quando as luzes ligaram de novo, não consegui encará-la. Não porque ouvir tudo aquilo de novo trouxe à tona a velha dor e raiva, mas por um pequeno, microscopicamente pequeno momento, eu entendi o motivo. Eu vi de novo a garota do meu passado e não a mulher na sala, confessando todos os detalhes calculistas, confusos e sangrentos sobre como ela chegou ao topo. Ela aguentou tanta merda nos últimos seis anos que não era de se admirar que seu pai a tivesse tornado rainha. Se eu não odiava o homem antes, definitivamente odiava agora. Nunca entendi, e nunca entenderei, pais que machucam seus filhos.

O colarinho do meu terno todo preto parece apertado e sacudo meus ombros novamente pela centésima vez desde que o coloquei. Não estou feliz por estar aqui esta noite, tendo que desfilar por aí como guarda-costas, chofer de Scarlet ou qualquer outra coisa que ela precise durante a noite. O fato de Jay ter aprovado isso me deixa ainda mais irritado. É como se ele estivesse propositalmente tentando me irritar, nos forçando a ficar juntos. Sei que seus olhos estão na sala, e estou muito tentado a virar o dedo do meio para ele, mesmo que isso possa significar avisar a cada senhor do crime e lacaio neste lugar que sua pequena festa foi infiltrada.

Fico de guarda na porta pela qual ela fará sua aparição. Todos aqui esta noite vieram pelo mesmo motivo: a rainha os chamou. Eu não entendia antes como o poder mudou de mãos de Raul para Scarlet, mas agora entendo. Afinal, a mulher que derrubou Razelle Javad deve ser temida. Quando encontrado, seu corpo foi pendurado de cabeça para baixo, espalhado como uma águia, os braços estendidos e as pernas afastadas, sangue e suas entranhas penduradas e sem cabeça. Ele foi identificado apenas por impressões digitais. Ainda não se sabe onde estão seus dois amigos mais próximos e parceiros de negócios, pois eles desapareceram várias semanas depois que a família Javad relatou que Razelle havia partido.

Com sua morte, o negócio de Razelle foi exposto e desmontado. Eu costumava pensar que era um ato de Deus que a maldade de Razelle simplesmente não fosse tolerada, agora, ter a confissão de Scarlet de que ela é a responsável, é devastador. Minha cabeça continua me lembrando do mal que ela é capaz, enquanto meu instinto continua tentando empurrar as verdades e os equívocos na frente dos meus olhos. Todas as idas e vindas estão começando a criar uma dor surda atrás dos meus olhos, apenas aumentando a irritação que sinto.

Estou prestes a bater novamente na porta atrás de mim, quando finalmente sinto. A mudança na atmosfera é tão pungente que faz com que os pelos da minha nuca se arrepiem. Os olhos caem em minha direção, mas sei que eles não estão olhando para mim. Em uma sala cheia de homens poderosos, Scarlet entra no espaço aberto, chamando a atenção de uma maneira que eu nunca vi. As cabeças dos homens se inclinam em sua direção, uma espécie de reverência, mostrando seu respeito. Há apenas duas outras mulheres presentes esta noite, ambas as quais são esposas de outros homens presentes, e até mesmo elas olham para Scarlet com admiração e surpresa.

Eu finalmente deixo meus olhos a observarem enquanto ela caminha até o meu lado, parando perto de mim, seus olhos colidindo com os meus. Seu cabelo está preso em um coque elegante com os lábios pintados de vermelho-sangue. O vestido preto de manga comprida que ela usa tem um decote profundo e uma fenda lateral tão alta que quase atinge a linha da calcinha. Em torno de sua cintura está um cinto de prata brilhante e suas orelhas são adornadas com argolas de prata. Seu acessório mais surpreendente, porém, é o pequeno e tenso sorriso em seu rosto. Os olhos de Scarlet se afastam dos meus e vagam pela sala, predatoriamente, e vejo a personagem que ela foi forçada a interpretar.

— Pronta? — pergunto, quase como um sussurro.

O único sinal que ela me dá é quando começa a se mover pela sala, com a cabeça erguida, até chegar à longa mesa de madeira nos fundos. Desempenhando minha parte, puxo a cadeira para ela se sentar. Todos na sala seguiram sua deixa, moveram-se até a mesa e se sentaram. É estranho pra caralho. Eu vi e ouvi as histórias, mas testemunhar em primeira mão é inacreditável.

Com todos sentados, forço-me a me afastar um pouco, atrás de sua cadeira, em uma demonstração de apoio. Examinando a sala, observo cada rosto e repasso todas as informações que sei sobre eles na cabeça. A maioria dos presentes está na indústria de drogas, enquanto uma pequena maioria negocia com distribuição ilegal de armas e munições. Ao todo, são onze pessoas na mesa. Meus dedos se contraem nas costas. Todos esses homens estão em uma lista pendurada em nosso escritório, procurados por vários crimes e mortes e aqui estão todos em uma sala, mas não posso tocá-los.

O ar na sala fica pesado com a tensão enquanto eles esperam que ela fale. Scarlet mantém as mãos abaixadas ao lado do corpo e os olhos na mesa à sua frente. Meu corpo se contrai, esperando em antecipação para vê-la lidar com isso. Todos os olhos na sala saltam dela para uns aos outros, antes de um homem mais próximo a ela limpar a garganta.

— Sinto muito por sua perda, Sra. Reyes — ele diz. Eu imediatamente o reconheço como Brady Lochlan, um grande negociante de armas na costa leste. Seus ombros ficam rígidos e sinto meu próprio corpo se endireitar em resposta.

— Quem contou? — A voz de Scarlet ressoa e eu juro que tudo parece mais quieto.

Os olhos de Brady dançam sobre a mesa.

— Você está insinuando que não era do seu próprio distrito?

A cabeça de Scarlet se vira em sua direção. O rosto do homem empalidece visivelmente.

— Eu já limpei a casa. — Ela balança o braço em minha direção. — Conheçam minha nova escolha. Há apenas uma coisa que eu não consigo parar de pensar... — Sua voz some e ela se vira para o resto da sala.

Alguns assentos abaixo, Matt Mantrana, O Rato, se move em seu assento. Seus olhos redondos observando todos a sua volta. Seu rosto seboso parece tenso, e eu posso finalmente ver por mim mesmo por que eles o chamam de "O Rato"; além do fato de que ele trairia qualquer um que não fosse do seu interesse para um superior ou para os federais. Num segundo estou olhando para o homem e no próximo, um tiro ressoa. O pequeno buraco enrugado em sua testa fica vermelho, um olhar surpreso para sempre congelado em seu rosto.

Meu corpo avança em direção a Scarlet involuntariamente, no momento em que uma das esposas grita. Meus olhos param sobre ela apenas para ver que é ela quem sacou a pistola para a exibição de todos, o cano de frente para a multidão. Minha consciência e meu dever se enfurecem um contra o outro em meu peito. O mundo não sentirá falta de um homem como Mantrana, mas, ao mesmo tempo, um assassinato foi cometido na minha frente. Sinto-me em conflito.

— Isso era necessário? — Um homem com sotaque sulista finalmente fala.

Ele está segurando um lenço de bolso e esfregando manchas vermelhas de sangue do pescoço. Minha cabeça se levanta. Eu o reconheço. Gerald Lopez. Proprietário e operador da segunda maior rede de narcóticos infiltrada perto da fronteira sul.

A cabeça de Scarlet se inclina, como se ela estivesse pensando.

— Gerry. — Ela estala a língua. — Acho necessário acabar com alianças quando elas me atrapalham. Rato sabia do plano de transação do meu pai no hotel naquele dia. Anteriormente ele já havia chamado aquele grupo de meninos contra minha vontade, mesmo depois que deixei claro que eles não eram confiáveis. E agora meu pai está morto.

Gerry começa a parecer pouco à vontade, seus olhos se endurecendo, como se esperasse outra bala em sua direção.

— Eu me certifiquei de que Rato recebesse a mensagem exatamente como você pediu.

— Não. — Ela balança a cabeça. — Eu disse para você cuidar dele, Gerry. A Narcóticos está atrás de nós porque você continuou a permitir que Rato trouxesse adolescentes que se preocupam mais em conseguir sua próxima dose do que com a lealdade ao trabalho. Quando o policial novato morreu, eu disse para você acabar com o Rato naquele momento. — Policial novato. Eu sei que ela está se referindo a Blake e meus olhos continuam focados em Gerry.

— Ele foi útil — argumenta Gerry, um vermelho profundo subindo pelo colarinho.

— Ele estava disposto a vender você para mim, Gerry — Scarlet anuncia. — Rato teria entregado qualquer um nesta sala, e você optou por ignorar meu aviso. Aquele grupo de meninos continuou seus negócios e tentou usar meu hotel como uma forma de acertar suas próprias contas durante minha queda.

— Você vai me matar também? — ele pergunta, os olhos esbugalhados, enquanto eles olham para todos os outros na sala, que estão obedientemente mantendo seus rostos afastados, deixando Scarlet cuidar dos seus próprios negócios.

Ela se recosta na cadeira, os braços apoiados na mesa, os dedos se movendo para girar a pistola. Eu juro que ninguém respira.

— Não agora — ela finalmente responde. Meus olhos se estreitam. Há uma pausa de silêncio enquanto todos lidam com a sensação sinistra no ar. Claramente, sua rainha está irritada, e um movimento errado pode significar uma bala em sua cabeça. Eu tenho que reconhecer que Brady é o único que se atreve a falar depois de vários minutos.

— Agora que o problema com Rato está resolvido, podemos continuar com a nossa reunião?

Scarlet se recosta e acena com a mão para que ele continue. Pelas próximas duas horas, eles se revezam em volta da mesa detalhando todos os crimes que cometeram esta semana, trabalhos concluídos e seus planos para o próximo mês. Começo a entender a razão de estar aqui hoje, não apenas para observar Scarlet, mas para obter informações. Eu memorizo cada rosto, nome e afiliação.

Por muito tempo, tivemos espaços em branco em nossas grades, tentando descobrir quem estávamos perdendo. Scarlet está ajudando a preencher todos. Eu odeio isso, mesmo quando sei que é necessário. Cada fibra do meu ser grita que ela não é confiável, mesmo que esteja nos dando informações abertamente. Informações que poderiam, pelos padrões dela, render-lhe uma execução como a de Rato.

Durante todo o tempo, eu faço minha parte, permanecendo imóvel atrás dela, enquanto mantenho meus olhos em todos, e verifico para ter certeza de que eles não esconderam armas na sala também. Eles a tratam com respeito, atendendo-a de tal forma, certificando-se de que sua bebida está cheia e atualizando-a sobre as informações, e percebo o quanto seu império cresceu. Quando ela cair, não será um pequeno respingo, mas um maremoto. Todos esses filhos da puta que a amam estão afundando e eles não têm ideia.

No final da reunião, Scarlet pega a pistola e vejo como ela desaparece sob seu vestido. Minha sobrancelha sobe. Ela fica de pé primeiro e todos seguem o exemplo. Agora que a reunião acabou, alguns vão até o bar improvisado nos fundos, enquanto alguns outros são corajosos o suficiente para se apresentar e oferecer a ela um aperto de mão e suas condolências.

As costas de Scarlet estão rígidas, e posso dizer que ela odeia a atenção sobre seu pai. Seu rosto permanece impassível, com aquele pequeno sorriso falso em seus lábios vermelhos. Depois que a última pessoa a cumprimenta, ela se vira e acena com a cabeça uma vez demonstrando que está pronta para sair. Eu a sigo pela sala até a porta de aço pela qual ela entrou mais cedo. Ela se abre para uma escada e para fora do prédio. Vejo que o carro ainda está onde estacionei antes. Abro a porta dos fundos para ela, ainda fazendo minha parte, antes de subir no lado do motorista. Assim que o motor liga e estamos andando, o telefone toca.

— Sim. — Ouço sua voz cortante.

— Muito bem — Jay responde de volta. — Trent, uma vez que a deixar em casa, retorne para a minha para que possamos bolar o próximo passo.

— Okay — digo antes que ele desligue.

O carro está silencioso. Olho no meu espelho retrovisor e vejo que Scarlet está massageando a ponta do nariz, seus olhos fechados, e ela está respirando profundamente.

— Você matou o Rato. — Decido trazer o assunto à tona.

Ela suspira e seus ombros caem. Eu a olho novamente e desta vez vejo o cansaço em seu rosto. Manchas azuladas leves estão sob seus olhos e ela parece mais suave novamente.

— Ele foi o responsável pelo que aconteceu naquela garagem — ela responde, toda a bravata que sua voz possuía mais cedo desaparecendo. Ela soa como a garota que eu conheço.

— Você deixou Gerry viver? — digo, lembrando a ela que sou capaz de juntar as peças.

Nossos olhos se encontram brevemente no espelho.

— Achei que você gostaria de ver o homem responsável pela morte de Blake vivo. Então você pode lidar com ele como quiser.

— Pela lei ou pelo seu caminho de justiça, você quer dizer? — questiono. Sua cabeça se inclina para trás contra o encosto de cabeça. Ela não responde, obviamente sabendo que estou irritado com a coisa toda. Eu odeio que ela me conheça.

De vez em quando, meus olhos continuam a observá-la, como se atraídos por ela, depois de tantos anos que ela sumiu de vista. Fotos de câmeras de vigilância nunca fazem justiça à pessoa. Seis anos atrás, eu nunca teria pensado que estaria tão perto dela, compartilhando o ar e trabalhando ao lado dela para resolver um caso. Capturo cada detalhe de seu rosto, sua linguagem corporal e a maneira como ela quase relaxa perto de mim quando não deveria. A garota que conheci era afetuosa, ousada e perseguia a vida como se não tivesse nada a perder. A mulher sentada comigo não é nada parecida com ela. Ela se abrigou em um exterior duro e eu vi o preço que pagou por isso está noite. Eu cerro meus dentes.

— Por que você faz isso? Você está obviamente cansada, e um passo errado na multidão pode significar a morte. Você odiava seu pai e agora ele se foi, então por que fazer isso? Você pode desaparecer da face da terra amanhã. Sei que tem recursos para sumir e que nunca poderíamos encontrar você.

Vejo seu peito subir e descer, mas seus olhos permanecem fechados. Se ela está me ignorando ou adormeceu, ainda não sei. Quase desejo poder voltar atrás nas palavras que disse em voz alta. Eu não quero me importar, mas não consigo me livrar da sensação de que estou perdendo algo. Minha cabeça gira, pensando em tudo que sei e aprendi.

— Eu uso esta máscara há tanto tempo que esqueço quem eu era sem ela. Eu odeio meu pai pelas opções que ele me forçou a escolher. Agora que ele está morto, deveria me sentir livre, mas não. Eu não vou me sentir livre até que isso acabe. Há coisas maiores em jogo — diz ela, e fico completamente intrigado com sua resposta, mesmo que isso me deixe com raiva.

— Você não será livre mesmo quando isso acabar — eu a lembro, o rancor que guardo de volta à vida. — Sua liberdade pertence a mim e vejo uns bons vinte e cinco anos de vida perdidos em seu futuro.

Meus olhos se voltam para trás novamente e vejo que seu corpo perdeu o relaxamento que ela estava desfrutando. Minhas palavras são um lembrete em forma de balde de gelo, para nós dois, de como essa história termina. Não posso me permitir ficar mole perto de Scarlet Reyes. Ela sabe como me manipular, como me quebrar, e não vou dar isso a ela de novo.

CAPÍTULO 14

TRENT

Outra semana se passa comigo agindo como o bichinho de estimação de Scarlet. Acho que com ela anunciando para todos que sou seu novo homem "faz tudo", agora estou preso no papel. Dirija até aqui, busque-a aqui, treine com ela e participe de todas as reuniões com ela. Passei mais tempo com Scarlet esta semana do que gostaria. Está me dando nos nervos a maneira como nos movemos com familiaridade. Não perco o fato de que ela estoca bebidas energéticas para mim, sabendo que odeio café. Eu me odeio ainda mais por fazer café do jeito que me lembro de que ela gosta. Percebo que ela acorda no meio da noite. Odeio ter de acordar quando ela acorda e como meu coração bate forte no peito. Normalmente Scarlet vai para a cama depois de mim e acorda antes de mim, com uma média de cerca de quatro horas de sono por vez. Ser forçado a entrar em sua casa e ter que viver em seu espaço está criando um caos entre minha mente e minha alma. Estou curioso sobre o que mudou sobre ela, enquanto também tento me distanciar de coisas que são familiares para mim.

Jay está se divertindo, a julgar pelo traje de macaco que chegou para mim esta noite enquanto esperávamos na casa segura de Scarlet. Meus dedos distraidamente tocam a gravata borboleta amarrada em volta do pescoço, de novo, e eu resmungo baixinho. Odeio estar com essas coisas e ativamente saio do meu caminho para não usá-las.

— Nós estamos indo para um clube da luta ilegal — eu digo, enquanto nosso elevador continua a descer. — Por que diabos temos que estar vestidos como se fosse o Grammy?

Seus ombros tremem uma vez como se ela estivesse rindo, e meus olhos se estreitam. Eu não só tenho que usar isso, mas agora tenho que ser responsável por Scarlet quando ela estiver vestida do jeito que está. Flexiono os ombros para trás e me forço a manter o foco.

Ela se vira para me encarar no espaço pequeno e confinado e minha mandíbula trava. Seu cabelo está preso em uma pilha encaracolada no topo de sua cabeça, enquanto pequenas mechas pendem, roçando seu pescoço e ombros nus. O material de cetim vermelho de seu vestido longo abraça cada curva como uma segunda pele. Ela deve ter uma queda por fendas, porque também tem uma subindo pelas costas e eu me pego olhando suas pernas bronzeadas cada vez que ela se move.

— Esses tipos de luta não são como os ringues ilegais que você conhece. O que acontece aqui esta noite... toda luta é até a morte. Você ficará surpreso com a quantidade de pessoas que reconhecerá. Muitos homens e mulheres no poder comparecem a estas lutas e gastam milhões. É por isso que elas são tão exclusivas. Eles não estão apenas apostando, mas também comprando o silêncio de todos os outros participantes.

— Sua vida está soando cada vez mais fodida — respondo.

— Estou ciente. — Sua sobrancelha sobe, desafiando-me a retrucar. Inclino a cabeça, os olhos vagando sobre ela novamente, porque não consigo evitar. Scarlet bufa e reassume seu lugar ao meu lado outra vez.

Não nos falamos de novo enquanto continuamos descendo para o que é chamado de Poço do Inferno. Agora compreendo melhor por quê. Eu nem tenho certeza de quantos andares estamos, já que o elevador de metal se move em um ritmo lento. Quando finalmente paramos e as portas se abrem, coloco minha própria máscara no lugar, mantendo meus olhos alertas e meu corpo perto o suficiente para dar a impressão de que Scarlet precisa de proteção. Assim como no evento anterior, quando ela entra na sala, homens e mulheres a reconhecem com um movimento de cabeça. Meus dedos se contraem ao lado do corpo quando outros homens arrastam os olhos por seu corpo. O predador em mim sobe à superfície e uso a mão em sua cintura para conduzi-la em uma direção diferente, longe de seus olhares maliciosos. Para seu crédito, Scarlet nem mesmo olha para mim em questionamento, ela apenas segue, confiando que estou fazendo um bom julgamento. Isso me faz pensar quantas vezes ela teve que se defender sozinha nessas coisas. Duvido que seu pai a tenha apoiado.

O lugar é um círculo gigante, com pelo menos quatro andares acima de nós, todos com vista para a laje de concreto abaixo de nós. Posso ouvir o som de carne sendo golpeada e grunhidos de dor a cada golpe. A multidão não está muito animada, então este não deve ser o evento principal. Continuo seguindo Scarlet, presumindo que ela saiba quem está procurando. Quando ela para abruptamente, quase colido nela.

— Você está bem? — pergunto, inclinando a cabeça para frente, para falar diretamente em seu ouvido. Grande erro. Meus sentidos são instantaneamente agredidos pelo cheiro de coco e baunilha. Algo que tentei evitar ao longo dos anos. Meus olhos percorrem a pele exposta de seda de seu pescoço que parece brilhar sob as luzes.

— O tio do Rato está aqui. Ele não está muito entusiasmado com a escolha que fiz na semana passada — ela murmura, sua mão pegando uma taça de champanhe da bandeja de um garçom quando eles passam por ela.

Eu zombo.

— Tenho certeza que não. Seu único ganha pão se foi.

— Eu tinha que enviar uma mensagem. — Scarlet lança seu olhar para o meu, antes de voltar a olhar para a multidão. — Também tive que afastar qualquer atenção para longe de nós.

Não tenho nada a dizer sobre isso. Ela está certa. Foi calculado e, por mais que eu odeie entrar nessas coisas às cegas, concordo com a maneira como ela está desmantelando seu próprio império. Endurecendo sua espinha, sua máscara voltando de volta ao lugar, Scarlet continua caminhando em direção ao grupo de homens que está mais perto da grade. Um senador de Nevada está entre eles.

— Porra.

Scarlet olha para mim.

— Eu te disse — responde, apenas alto o suficiente para eu ouvir.

Vejo seus quadris balançarem com confiança enquanto ela caminha até eles. Todos se voltam para ela, os olhos a observando de cima a baixo em apreciação. Scarlet parece confortável entre as cobras, beijando suas bochechas e oferecendo a mão. Ela sorri e bebe de seu copo enquanto eles conversam e apontam para os lutadores no ringue. Eu consigo chegar perto o suficiente para oferecer minha ajuda enquanto também consigo manter alguma distância para não a ofuscar.

Enquanto ela fala, consigo manter o tio do Rato na minha visão periférica, notando que ele consegue se aproximar cada vez mais, seu rosto em uma máscara de pedra. Meu olhar se move de Scarlet para ele, medindo a distância. Perto o suficiente para uma bala. Minha mandíbula se contrai quando me aproximo de Scarlet, trazendo minhas costas contra as dela, protegendo-a. Seu corpo fica rígido por um minuto antes de finalmente se inclinar para mim. Recebo alguns olhares de soslaio dos homens ao nosso redor, mas mantenho meu olhar focado à frente, conseguindo parecer que estou simplesmente a protegendo. Com sorte, aquele idiota entenderá que não vai passar pela barreira ao redor dela.

Minhas entranhas estão gritando com a maneira como ela está pressionada contra mim, cada curva se encaixando no lugar, exatamente como deveria ser. Mesmo depois de anos separados, meu corpo reconhece que nos encaixamos como peças de um quebra-cabeça.

— Reyes — uma voz chama atrás de nós. Viro-me ao mesmo tempo em que Scarlet, para encarar um homem que não deve valorizar sua vida.

— Vá embora, Felix — ela avisa, sobrancelha levantada. A multidão ao nosso redor fica em silêncio, todos esperando para ver como isso se desenrolaria.

— Você acha que pode matar alguém da minha família e se safar, sua vadia louca! — O homem fica desequilibrado, os olhos esbugalhados, enquanto a saliva voa de sua boca a cada palavra exaltada.

Scarlet se mantém firme, o queixo erguido.

— Um rato é um rato. Da próxima vez que alguém da sua família quiser me trair, eles terão o mesmo destino.

— O maior erro de Alverez foi pensar que ele poderia deixar sua filha governar e que ela sobreviveria. — Felix tira uma 9 mm de seu coldre lateral, apontando diretamente para ela. Alguns outros suspiros podem ser ouvidos ao redor da sala, e eu viro minha cabeça para descobrir que estamos cercados, pelo menos cinco outras armas apontadas em nossa direção.

Em vez de recuar, Scarlet dá um passo em direção a ele, apontando a arma diretamente para o peito dela. Ela é um alvo aberto, no minuto em que se afastou de mim.

— Scar — eu digo o nome dela, tentando chamar sua atenção de volta para mim, em vez de embarcar em qualquer viagem de poder que ela esteja.

— Acho que todos aqui discordariam, Felix — ela praticamente ronrona, enquanto o encara. — Você gostaria que alguém em seu rebanho conspirasse contra você? Você não puniria alguém pronto para vendê-lo pelo lance mais alto? Posso estar falando por mim mesma, mas tendo a honrar a lealdade entre a empresa que mantenho.

Cabeças acenam ao redor da sala. Os olhos de Felix se arregalam e seu rosto fica com uma tonalidade bordô.

— Eu sou sempre leal!

— Então guarde suas armas antes que você faça um grande espetáculo de si mesmo — ela dispara as palavras na sua cara. — Seu sobrinho planejava me vender aos federais. Ninguém aqui me culpa pelo que fiz. Na verdade, dei a ele a maneira mais gentil de morrer com um tiro rápido na cabeça. Vlad aqui provavelmente ainda estaria brincando com as entranhas de Matty.

Vlad, o homem a quem ela se referia, encolhe os ombros, zombeteiramente, um sorriso sádico estampado em seus lábios finos. As outras armas na multidão se abaixam, absorvendo suas palavras, enquanto Felix ainda está fumegando na nossa frente. Sem pensar, puxo minha própria peça do meu coldre e nivelo na cabeça do homem. Seus olhos saltam para os meus.

— Sua vez — digo a ele, mantendo minha voz firme e sem emoção.

O corpo de Scarlet praticamente zumbe ao meu lado. Sei que ela não ficará feliz com o jogo de poder que usei, mas não dou a mínima. Esse pedaço de merda escorregadia na nossa frente não está entendendo a dica.

— Felix — o homem que reconheço como um dos senadores do estado finalmente fala —, você deve aprender a saber quando está em desvantagem numérica. — Ele afasta sua própria jaqueta para mostrar a coronha da arma que está carregando.

Finalmente, Felix abaixa a arma, bufando, e se afasta dos olhos observadores. Só quando ele está fora da minha linha de visão, abaixo minha arma. Scarlet se volta para o grupo, com a sobrancelha franzida.

— Estamos prontos para o evento principal? — Todos eles riem e voltam a se concentrar no entretenimento. Scarlet está rígida na minha frente, mantendo uma boa distância entre nós. Percebi que ela está com raiva de mim por quebrar o protocolo ou talvez fazê-la parecer fraca, mas eu não ia deixar de chamar a atenção daquele homem. Não tenho dúvidas de que ele estava debatendo se escaparia ou não por colocar uma bala nela. Se ninguém mais tivesse falado, ele teria se arriscado.

Quando o evento principal termina, Scarlet é a primeira a fazer seu caminho até o elevador depois de se despedir. Ela se move rapidamente, enquanto me evita, apenas me deixando perto o suficiente para que pareça que estamos sendo profissionais. Eu sorrio com a raiva em seus olhos quando finalmente estamos sozinhos, voltando para o nosso carro estacionado. Ela fica em silêncio e eu também. Na verdade, ela me ignora completamente assim que chegamos lá, quebrando seu próprio protocolo quando abre as portas do carro sozinha. Eu nos levo de volta para sua casa segura, deixando-a soltar fumaça, enquanto minha própria irritação está crescendo. Foda-se ela. Eu ajudei a salvar sua vida esta noite. No mínimo, ela deveria estar me agradecendo por não virar as costas e deixar o homem acabar com ela.

Estou logo atrás dela, adentrando a casa coberto de raiva também. No minuto em que a porta se fecha atrás de mim, ela retira seu salto alto e joga sua bolsa no balcão, antes de começar a se afastar.

— Sinta-se à vontade para me agradecer, quando você tirar sua cabeça da bunda — digo, depois que ela recua.

Scar para no meio do caminho, minhas palavras atingindo o alvo que eu pretendia. Minha adrenalina ainda está bombeando furiosamente nas veias. Estou pronto para discutir sobre isso com ela agora. Tudo isso muda, porém, quando ela se vira para mim.

— Por que você fez isso? — pergunta, sua voz áspera e cheia de emoção.

Rímel preto escorre por suas bochechas em riachos com suas lágrimas. Seus lábios estão inchados, como se ela os estivesse mordendo. Ela parece torturada e quebrada. Tudo contradiz o que pensei em como ela estaria sentindo e agindo que não sei o que fazer comigo mesmo.

— Eu não ia deixá-lo te matar, Scar — digo, odiando a maneira como minha própria voz fica suave em relação a ela.

Ela funga, um soluço escapando, enquanto encolhe os ombros.

— Teria resolvido seus problemas, certo? McCall não pode ficar bravo se eu irritei alguém o suficiente para me matar por você.

Engulo em seco, ouvindo-a me acusar de querê-la morta. Sim, eu quero destruí-la, quebrá-la, torná-la totalmente dependente de mim, sua vida pendurada por fios na ponta dos meus dedos, mas não a quero morta. Só minha. Minha para controlar, para mandar e vê-la cair.

— Você não é útil se estiver morta — eu a lembro.

Seu peito arfa como se minhas palavras fossem balas de prata, deixando-a sem fôlego. Sinto um lampejo de arrependimento em meu coração quando a vejo se contorcer. Meus olhos permanecem fixos nela, esperando que morda de volta, para lutar contra mim, qualquer coisa. Em vez disso, seu olhar se abaixa para o chão e seus ombros se curvam como se ela estivesse se protegendo.

— É a história da minha vida — ela murmura, antes de se virar e ir embora em direção ao seu quarto.

Algo dentro de mim estala. Scarlet pensar que eu poderia ser parecido com seu pai me deixa com mais raiva do que qualquer coisa que ela fez. Aquele homem a destruiu, a usou e a empurrou tão longe, que sua alma se estilhaçou em um milhão de pedaços. Ela viveu com medo por si mesma e por seus entes queridos por mais de uma década por causa daquele homem. Não somos os mesmos. Sigo atrás dela, meus sapatos ecoando no chão de mármore. Assim que ela vai fechar a porta, minha mão bate contra ela, forçando-a a abrir.

— Trent! — balbucia meu nome, logo antes de a minha mão se descontrolar, enrolando em torno de seu pescoço e empurrando-a contra a parede.

Olho para baixo e vejo meus dedos tatuados com SCAR contra sua pele beijada pelo sol, uma imagem que ficará para sempre queimada atrás dos meus olhos, e eu pisco. Seus profundos olhos castanhos, brilhando com lágrimas, se arregalam. Os lábios inchados se abrem e as mãos se estendem para circundar meu pulso. Ela está totalmente vulnerável neste momento. Inclino-me e corro a ponta do nariz contra o dela.

— Eu. Não. Sou. Ele. — Nossos olhares se chocam antes que meus lábios colidam com os dela.

Uso a mão livre para apoiar contra a parede ao lado de sua cabeça, enquanto meu corpo empurra o dela ainda mais. A parte de trás de sua cabeça faz um baque satisfatório, fazendo sua boca se abrir mais. Minha língua invade, levando seu ar e fazendo dela uma refeição. Ela tem gosto de champanhe e doçura. Suas mãos se movem do meu pulso para minha jaqueta, me puxando para mais perto, enquanto seu corpo se contorce contra o meu. Eu poderia transar com ela agora mesmo contra a parede e ela deixaria. Meu corpo fica duro contra o dela. Não demoraria muito para subir seu vestido e enterrar-me dentro dela. O fato de que eu quero, mesmo enquanto a odeio, é o que me permite arrancar meu corpo de seu controle, colocando alguma distância entre nós.

Os braços de Scarlet se cruzam protetoramente em torno de si mesma e ela não me olha nos olhos. Seu lábio inferior fica preso entre os dentes e um rubor rosa está trabalhando em seu peito. É familiar. Antes que eu possa ler muito sobre isso ou mesmo processar a linha que acabei de cruzar, estou me afastando dela. Preciso sair desta casa. Preciso de espaço para clarear minha cabeça antes de cometer um erro que não posso desfazer.

Minha mão esfrega meu rosto e volta com batom vermelho manchado na palma. Meu pau se contrai, querendo voltar e se afundar dentro dela enquanto a estrangulo por estragar tudo. Ela me fez amá-la sabendo que me machucaria. Mesmo sabendo agora a história do porquê, não posso perdoá-la por não confiar em mim. Eu teria feito qualquer coisa para ajudá-la. Inferno, eu a teria ajudado a pensar em algo, qualquer coisa, para dar a seu pai, para tirá-lo de sua cola até que eu pudesse afastá-la. Ela escolheu me deixar no escuro. O que tínhamos, o que eu pensava que tínhamos, não importava para ela.

Encontro o bar mais próximo e me afogo em uísque naquela noite antes de tropeçar no meu caminho de volta para casa e desmaiar na minha própria cama. Beijar Scarlet Reyes me levou a uma tortura de quatro dias, trancado no meu quarto, ignorando o mundo. Aparentemente, ela também estava me ignorando. Esta manhã, no entanto, Jay se cansou de nossas merdas e convocou uma reunião. Com o latejar nas têmporas só piorando, de alguma forma consegui chegar ao escritório. Quando entro, os olhos de Scarlet se arregalam antes que ela os role, zombando.

— Jesus. — Os olhos de Jay se fixam em mim. — Você cheira a uma garrafa de uísque. Que porra é essa, Nichols?

Deixo minha cabeça cair em direção a Scarlet, observando seu terno vermelho e a renda preta por baixo, meus olhos devorando-a.

— Erro de julgamento — respondo, antes de voltar minha atenção para Jay.

Sua cabeça pende para baixo, antes de voltar a se levantar.

— Eu nem me importo neste momento. Precisamos fazer nosso próximo movimento. As informações que conseguimos reunir nas últimas semanas foram suficientes para nos dar uma ideia melhor de onde estamos no campo de jogo. Agora vamos voltar para Las Vegas.

— Julio ainda está esperando que eu traga um plano sólido para levar suas drogas para o meu hotel. Assim que chegarmos a Vegas, vou marcar uma reunião com ele para discutir o plano, para que possamos descobrir onde e como interromper a transação, no minuto em que eles cruzarem para os EUA — Scarlet detalha sua parte do que planejou.

Jay acena com a cabeça, tomando notas, enquanto eu sento lá fumegando. Mais uma vez, parece que eles estão mais na mesma página e estou perdendo as principais notas. Se ele vai esperar que eu continue colocando minha vida em risco, então preciso saber tudo. Apesar de onde minha cabeça estava quatro dias atrás, eu ainda não confio completamente nela.

— Precisamos colocar isso ao nosso favor e rápido — Jay fala baixinho, seus olhos estudando os vários mapas. — Se isso ultrapassar a fronteira, estamos ferrados.

— Isso é provavelmente o que ela quer — eu digo lentamente, meus olhos deslizando para Scarlet, que já está me olhando com desprezo. — O quê? Nós somos pegos e tenho certeza de que você terá outra desculpa pronta para explicar por que os federais estão te perseguindo. Eu sei que sua mente maligna pode ser criativa quando precisa ser.

Minhas palavras atingiram um nervo e Scarlet se levanta de sua cadeira, colocando a bolsa no ombro.

— Ligue quando estivermos prontos para sair. Vou marcar a reunião com Julio para daqui a três dias. — Seus saltos batem no chão enquanto ela sai do prédio.

Jay fica em silêncio por um longo tempo, nós dois perdidos em nossos próprios pensamentos.

— Você simplesmente tinha que ir lá, não é? — ele finalmente diz e eu encolho os ombros, cansado de me defender.

Eu sei em primeira mão como tudo isso pode acontecer e ele está tão decidido a acreditar e confiar nela.

— Era um palpite plausível sobre o que poderia acontecer. Não podemos seguir se isso ultrapassar a fronteira. Só porque você está tão determinado a acreditar em tudo que ela diz, não significa que eu estou — respondo, levantando da minha própria cadeira.

O olhar de Jay passa por mim, inspecionando-me.

— Ela nos entregou a outra pessoa responsável por Blake.

— Eu também a vi explodir os miolos de um cara sem remorso — eu o lembro. Claro, o cara merecia morrer de qualquer maneira, mas ainda assim. Não houve hesitação. Scarlet entrou com a intenção de matar.

Os dedos de Jay roçam seus lábios, como se ele estivesse pensando em algo.

— Eu dei a vocês quatro semanas para conviverem no espaço um do outro. Nesse tempo todo, vocês não falaram nada sobre o passado?

— Que porra? O que você esperava? Que ficaríamos sentados trançando o cabelo um do outro, relembrando os bons e velhos tempos. Eu apareci para trabalhar e ela também.

Os olhos de Jay se fecham e ele esfrega as têmporas com os dedos. Quando olha para mim novamente, ele se parece com meu pai quando fica com raiva.

— Você ainda não sabe tudo. Vá procurá-la.

Eu zombo.

— Eu sei tudo de que preciso. Se o tiro sair pela culatra, não me procure quando você se sentir mal. Eu te avisei, cara.

Puto, de ressaca e procurando uma maneira de resolver minha própria irritação, saio correndo de lá. Não posso ir para casa e tenho a maldita certeza de que não vou para a de Scarlet. Penso no único lugar onde posso ir para encontrar paz e me encontrar.

Durante o dia, Scar é um abismo vazio e eu desconto toda minha agressividade na terra, navegando pelas curvas, deixando a emoção do guidão tomar conta de mim. O salto me traz de volta à vida. A adrenalina me acorda. A vingança é a paz de que preciso para continuar.

Demorou alguns anos depois que Scarlet fodeu minha vida antes que eu voltasse a andar de motocicleta. De certa forma, eu senti que merecia perder meu patrocínio. Estar envolvido em uma apreensão de drogas uma vez era desculpável, mas ainda era má publicidade, embora eu estivesse ajudando a polícia. Uma segunda vez, especialmente quando a evidência estava tão fortemente contra mim, eu não tive chance. Sam e Dean pararam de se associar a mim depois de serem ameaçados pela AfterHours. Eu não os culpo por salvar suas carreiras, mas não posso mentir e dizer que não foi uma merda. Elias me acompanhava quando podia, e nós ainda enviamos mensagens de vez em quando, mas as coisas nunca mais foram as mesmas. Eu ignorei meus instintos de que algo estava errado e continuei pressionando a garota que eu amava para querer ficar comigo, ignorando completamente os sinais de que ela estava tentando ir embora. Sempre a convenci a não ir. Deixei essa parte de mim morrer até que Jay me forçou a retornar as pistas e me fez pilotar.

Depois de algumas horas andando sozinho, paro e pego meu telefone do bolso.

— Ei — eu digo ao longo da linha. — Espalhe o comunicado, vou abrir o Scar esta noite. Primeiro a chegar primeiro a entrar. — Preciso de uma distração hoje e, felizmente, sei exatamente como conseguir.

CAPÍTULO 15

SCARLET

Imaturo. Esse é o mantra que fico repetindo continuamente em minha cabeça o tempo inteiro em que caminho mais fundo no deserto, procurando por Trent. É claro que ele correu para sua pista e convocou uma festa para hoje à noite, quando deveríamos estar trabalhando e preparando tudo para o confronto final. Estou ficando ansiosa para que isso acabe. Apesar do que Trent pensa, não gosto da coroa que fui forçada a usar. Eu quero minha vida de volta. Quero me sentir segura todos os dias quando acordar. Eu vivo há cinco anos me perguntando quando algo pode dar errado. Na maior parte do tempo, Jay é bom no que se refere a seu trabalho, mas incidentes menores, como o ocorrido no La Flor, sempre podem escapar. Consegui consertar, mas sempre pode haver uma próxima vez.

Continuo sentindo que Trent está esperando que eu faça algo errado. Estava na ponta da minha língua contar tudo a ele na outra noite, mas ele me surpreendeu empurrando seu corpo contra o meu e sua língua em minha garganta. Odeio que ele me faça sentir viva e desejada. Há dias está me deixando louca por ter sido capaz de se afastar depois de dizer essas palavras, dando-me a menor indicação de seus verdadeiros sentimentos. Trent pode dizer que me odeia, mas está esquecendo o quanto o conheço. Como somos parecidos do lado de dentro. Deus sabe que nunca deixei de amá-lo.

Esta noite estou determinada a entrar em sua cabeça e lembrá-lo com quem ele está lidando. Não sou a garota assustada que já fui. Eu quero confiar nele, trabalhar com ele e dar a ele exatamente o que ele quer: um encerramento. Sei que nunca vou trazer de volta seu patrocínio ou consertar o que quebrei, mas espero que ele consiga o desfecho que precisa. Desta vez, estou me entregando totalmente a Trent, mesmo sabendo que as consequências não serão boas para mim. Fiquei sabendo que ele abriu o negócio, deprimido sobre o que aconteceu entre ele e Jay na delegacia. Eu rapidamente vesti minhas próprias calças de corrida e coloquei um top preto, antes de sair de casa determinada a fazê-lo me escutar. De uma forma ou de outra, ele precisa me ouvir.

Say Amen, do Panic At The Disco, está tocando enquanto a multidão fica cada vez mais densa. Por uma fração de segundo, pergunto-me se vou realmente conseguir encontrar o cara que estou procurando. Quando coloquei meus próprios investigadores no trabalho, recebi dois nomes e disse que ambos estariam no Scar esta noite. Jay estava certo hoje mais cedo. Nosso próximo passo tem que ser feito deste lado da fronteira. Embora eu não duvide de minhas próprias habilidades, sei que ter um motorista profissional disponível será útil. Preciso que o Julio acredite que está seguro quando sair de Vegas, para que a sua queda na fronteira seja muito mais proveitosa.

Meus olhos pousam em um canário amarelo, com listras azuis de corrida. Disseram-me para procurar por uma Nissan Skyline R34. Faço meu caminho até lá, fingindo estar observando quando um jovem sai do banco do motorista. Olho para ele e percebo que não pode ter mais de dezoito anos. Como ele tem a credibilidade sobre a qual meu cara se vangloriou, não tenho ideia. Minha sobrancelha arqueia conforme chego mais perto.

— É sua?

O canto de seus lábios se levanta, e um brilho arrogante dança em seus olhos.

— Você é Scarlet?

Eu aceno com a cabeça e ele inclina a sua como uma demonstração de respeito. Ele pode ser jovem, mas não é estúpido.

— Cougar disse meus termos a você?

Ele acena.

— A corrida está definida e o interlocutor sabe que você estará participando.

Olho seus jeans rasgados, a Henley branca esticada sobre o peito e a bandana vermelha amarrada na testa, mantendo seu cabelo preto rebelde e encaracolado longe do rosto. Seus olhos são de um tom louco de ouro que contrasta com sua pele de ébano.

— Quanto tempo nós temos? — pergunto, olhando ao redor de seu veículo enquanto ele fica parado ao lado assistindo.

— Nossa corrida é a próxima — ele me informa, levantando os ombros. A facilidade com que o diz, sem preocupação ou questionamento, reforça que é uma boa escolha.

Inclino-me com ele, observando a multidão enquanto eles passam. Muitos rapazes param para admirar os veículos enquanto muitas garotas param para admirar o motorista. Eu sorrio, porque ele está alheio a tudo e nenhuma vez desviou o olhar de Scar. Uma grande comoção está acontecendo perto da linha de chegada e a multidão enlouquece.

— Somos os próximos. — Ele se inclina e me diz.

Ando até o lado do passageiro e deslizo para dentro, afundando instantaneamente no assento. O interior é iluminado por luzes azuis neon e *Work Out*, de J. Cole, ecoa suavemente nos alto-falantes.

— Eu sei que disse ao Cougar que não precisava saber muito sobre você, mas qual é o seu nome?

Ele ri levemente, os dentes brancos brilhando, enquanto manobra o carro através da multidão até a linha de chegada.

— Dax — responde.

— Prazer em conhecê-lo, Dax — devolvo, enquanto olho pela janela, tentando encontrar The Point de onde estou, na esperança de ver a figura solitária no topo, olhando para baixo sobre seu território.

Nós subimos e o interlocutor vem falar com Dax. Sinto os olhos do homem deslizarem para mim, antes de ele falar no rádio e ir embora. Ele dá dois passos antes de se voltar para o nosso veículo.

— Ah, com licença, senhorita, como disse que é o seu nome?

Eu sorrio de volta, mortalmente, mantendo meu olhar entediado.

— Eu não disse. Você pode dizer ao seu chefe que é Scarlet.

O rosto do homem empalidece e ele se afasta mais rápido desta vez, falando no rádio, seu braço voando em todas as direções. Dax ri ao meu lado, mas mantém os olhos na pista, esperando a bandeira cair.

— Você já correu antes?

— Eu tenho praticado por aí — informo, puxando minha fivela para o lugar e apertando-a.

— Eu corro melhor se você não falar e quando posso aumentar minha música, tudo bem para você? — pergunta, e eu aceno com a cabeça. — Ótimo.

Dax aumenta sua música ao máximo, meus ouvidos quase se encolhem com o tom agudo e ele ri. Observo com fascinação enquanto seus dedos flexionam na marcha e o outro agarra o volante. Sinto que estou sendo observada, e a pele dos meus braços fica arrepiada. Um sorriso discreto se forma em meus lábios, sabendo que Trent está de olho em mim. Minha adrenalina aumenta quando o motor ronrona e meu assento vibra na base.

— Chegou a hora — Dax sussurra um pouco antes de eu ser sacudida de volta para o meu assento, a velocidade me mantendo refém.

Sujeira e poeira voam sob nossos pneus, o impacto levantando pedras à medida que avançamos. Olho para Dax, cujo rosto é de pura concentração, seu foco inteiramente na corrida. Tudo na minha frente fica embaçado. Vejo flashes de lanternas traseiras vermelhas de vez em quando. A trilha parece continuar para sempre, tornando-se parte do deserto em volta. O céu é um manto de estrelas que beija a terra. Borboletas giram em meu estômago com cada curva e giro dos pneus ao meu redor. Posso sentir o fascínio da corrida, a maneira como ela puxa e aperta meu peito. Parece que o percurso dura para sempre enquanto, ao mesmo tempo, não é longo o suficiente. Cruzamos a linha de chegada, ganhando a corrida, e Dax faz um zerinho antes de pararmos completamente. O carro é bombardeado com fãs aplaudindo.

— Bom? — pergunta, inclinando a cabeça para mim.

Eu sorrio.

— Te vejo em Vegas — digo a ele, antes de estender meu cartão de visita com a data e a hora escritas no verso. Ele acena com a cabeça e o coloca no bolso.

Eu saio, a multidão se separando para mim, antes de olhar ao redor. Dax dirige lentamente de volta ao ponto de partida, levando as pessoas com ele. Estou tão envolvida nas comemorações ao meu redor que, quando meu braço é agarrado com força, eu me assusto.

— Você é louca? — Trent rosna, seu rosto a um milímetro do meu, tão perto que posso sentir o cheiro de menta de sua gengiva e o leve almíscar de seu perfume corporal. Estou prestes a abrir minha boca e discutir, mas ele já está meio me carregando, meio me impulsionando através do resto da multidão, levando-me de volta para onde começa a caminhada do The Point.

— Pare de me arrastar. — Eu puxo meu braço para baixo, com força. Trent para, virando-se para olhar para mim. Com a mandíbula travada, ele se abaixa de repente e coloca as mãos na minha cintura, antes de me jogar por cima do ombro.

— Trent! — chamo seu nome, meus punhos cerrados contra suas costas. Sinto um golpe rápido na minha bunda e me debato. — Ah! Vai se foder.

Ele continua andando até chegarmos ao outro lado do The Point, longe dos espectadores, seu carro estacionado à distância antes de começar a me abaixar até o chão.

No minuto em que meus pés tocam o chão, uso as duas mãos para empurrá-lo para longe de mim.

— Que inferno, o que tem de errado com você?

— Comigo? — ele grita, olhando na minha cara. — Você poderia ter se matado. Sabe quantas pessoas estavam caçando vocês dois, sabendo que Daxton tinha uma garota andando com ele? Não é assim que fazemos as coisas aqui. Todo mundo presumiu que você era a garota dele, e a melhor maneira de vencê-lo seria tentar desequilibrar o seu lado.

— Ninguém nem chegou perto de nós — grito de volta, meus olhos brilhando. Como ele ousa pensar que eu não seria capaz de me controlar ou que escolheria um motorista que não sabia o que estava fazendo?

— Só porque Shepard sabe o que diabos está fazendo. Qualquer outra pessoa e você estaria morta, se não ambos.

Meu peito sobe e desce, enquanto meus olhos o percorrem da cabeça aos pés. Seu cabelo está bagunçado, como se ele tivesse passado os dedos por ele a noite toda. Seu peito duro está envolto em uma camiseta toda preta, escondida debaixo de uma jaqueta de montaria preta. Jeans rasgados caem em seus quadris. Os olhos de Trent estão selvagens quando encontram os meus e vejo um lampejo de preocupação que faz meu coração bater descontroladamente nas minhas costelas. A adrenalina ainda está me dominando forte, e é por isso que eu nem penso duas vezes antes de me lançar sobre ele. Meus braços envolvem seu pescoço, assim que sua cabeça abaixa, meus lábios pousando nos dele.

Na ponta dos pés, empurro-me contra seu corpo, os dedos correndo sobre seus cabelos, e o seguro contra mim. Eu o beijo como se estivesse morrendo de fome. Como se ele fosse minha sobremesa favorita, da qual fui privada por anos. Meus dentes puxam e agarram seu lábio inferior, antes de sugá-lo em minha boca, amando o gosto dele. Um gemido me escapa quando sua língua desliza para a batalha com a minha, torcendo e empurrando.

Deixo minhas mãos deslizarem sobre suas bochechas, e abaixo em seu peito, onde seu coração bate contra minhas palmas, antes de agarrar sua jaqueta e puxá-la por seus braços. Trent se solta, mas traz as mãos de volta e as coloca na minha cintura. Seu dedo roça a carne nua abaixo da minha blusa. O material em volta da minha cintura afrouxa e a mão de Trent desliza, os dedos traçando o tecido da minha calcinha. Sinto uma atração frenética por estar o mais perto que posso dele. Minhas mãos agarram as pontas de sua camisa e a puxam para cima, deixando seu peito nu. Suas mãos se afastam enquanto ele agarra a camisa e a puxa pela cabeça. Minha boca saliva quando ele dá um passo para trás.

Trent cresceu mais ao longo dos nossos anos separados. Seus músculos estão maiores, mais duros e cobertos por tatuagens. Quero arrastar minha língua sobre cada linha e desenho até saber o significado de cada uma. Meus olhos disparam para encontrar os dele, e posso ver a mesma fome que a minha. Empurro minha calça para baixo e saio dela. Minha pele esquenta sob o seu olhar, fazendo-me sentir ousada o suficiente para tirar minha blusa também, até que estou nua na frente dele, sob o céu estrelado, no calor do deserto, apenas nós dois na clareira.

— Scar — ele diz com voz rouca, e eu sinto isso.

Sinto seu desejo desde a raiz do meu cabelo até a ponta dos meus pés. Posso ouvir a incerteza torcida lá também. Se cruzarmos esta linha esta noite, é algo que não poderemos voltar atrás amanhã ou considerar um erro. Estes são Trent e Scarlet, e quero que Trent me ame. Estendendo a mão, desabotoo sua calça jeans e empurro para baixo em seus quadris, levantando minha sobrancelha quando vejo que ele não está usando nada por baixo. Suas mãos agarram meus ombros enquanto sustento seu olhar, antes de me ajoelhar diante dele. Ouço sua inspiração enquanto minha mão acaricia seu comprimento, admirando essas mudanças também. Ele está mais comprido, mais duro, as veias raivosas me encarando, angulando-se bem na minha frente. Eu timidamente estendo minha língua e traço um padrão sobre o eixo sedoso até a ponta. Trent solta um gemido e luto contra um sorriso, antes de deslizar seu pau perfeito entre meus lábios. Corro a língua sobre a cabeça lisa, abrindo um pouco mais para levá-lo mais fundo.

— Foda-se — ele murmura acima de mim, enquanto suas mãos se estendem para emaranhar no meu cabelo, puxando com força suficiente para que meu couro cabeludo arda, mas não é desagradável.

Dar prazer a ele está me excitando. Continuo a chupar, encontrando um ritmo que funcione. Os quadris de Trent flexionam e se movem enquanto ele fode meu rosto e eu adoro isso. Lágrimas se acumulam em minhas pálpebras quando ele vai tão fundo que quase não consigo respirar, mas não o impeço. Na verdade, só me faz segurá-lo com mais força.

— Scar — diz ele, em advertência, e começa a puxar os quadris, mas eu não o deixo.

Minhas unhas cavam em sua coxa e eu afundo minhas bochechas, sugando-o de volta. Trent geme baixo em sua garganta, o som quase animalesco enquanto ele bombeia mais três vezes antes de gozar no fundo da minha garganta.

Ele sai da minha boca com um estalo e uso meus dedos para limpar meus lábios. Meu peito está ofegante, sugando o ar, e Trent está tão ofegante quanto eu.

— Deite-se e abra as pernas — ele fala, sua voz rouca como cascalho.

Sigo sua instrução e deito em nossa pilha de roupas descartadas. Vejo quando ele sai de sua calça jeans e vem em minha direção, como se estivesse pronto para festejar e eu fosse sua refeição. Trent acomoda seu corpo entre minhas pernas e se apoia nos antebraços. Nossos olhos se encontram e, pela primeira vez desde que voltei, seu olhar é suave e quente. Posso ver o calor dançando nas profundezas do azul do oceano e quero me banhar nele. Agarrando um punhado de seu cabelo, trago sua cabeça até a minha, meus lábios roçando nos dele e beijando levemente. Ele me deixa por alguns segundos antes de assumir o beijo.

Os lábios de Trent são brutais contra os meus, forçando minha cabeça para trás, até que arqueio contra ele. Sua língua entra e sai até que eu me contorço embaixo dele, tentando chegar o mais perto possível. Trent beija minha mandíbula e meu pescoço, sugando a pele sob minha orelha, onde sou mais sensível, até que estou arfando ofegante. Ele se move mais para baixo, a língua e os lábios acariciando minha pele enquanto ele apalpa meus seios em suas mãos gigantes. Meus quadris resistem contra ele quando suga um mamilo entre os lábios, rolando-o e mordendo levemente antes de liberá-lo com um pop e passar para o próximo.

Meus olhos ficam vidrados de tão bom. Uma piscina de calor e dor se forma entre minhas pernas. Eu choramingo alto e sinto Trent sorrir contra minha pele. Eu deveria estar chateada, mas não estou. Só o quero de qualquer maneira que eu possa pegá-lo. Ele se abaixa e seus dedos deslizam contra os lábios da minha boceta que já estão escorregadios. Trent desliza um dedo grosso dentro de mim e minhas costas se dobram no chão. Ele bombeia algumas vezes antes de adicionar um segundo dedo, e eu ofego contra seus lábios. Eu quero mais. Quero me sentir cheia dele, ter cada parte dele em mim e ao meu redor.

— Trent — imploro contra seus lábios entre beijos.

Ele descansa a cabeça contra a minha, enquanto alcança entre nós e alinha seu pau com a minha entrada antes de empurrar para dentro. A invasão repentina rouba meu fôlego. Mesmo que meu corpo esteja preparado, ainda precisa se esticar para acomodá-lo. Um rubor cobre meu peito e tinge minhas bochechas. Recuso-me a reconhecer em voz alta que não estive com ninguém além de Trent. O dia em que o deixei e o traí também foi o último dia em que permiti a mim e meu corpo ser amado por qualquer pessoa. Eu não podia fazer aquilo. Não quando eu já pertencia a outro homem de coração, corpo e alma.

— Porra, você é apertada, baby — ele geme contra o meu pescoço, seus olhos brilhando até os meus. Tudo o que ele vê no meu olhar o faz congelar. — De jeito nenhum — ele diz e começa a se afastar.

— Não pare — imploro, usando minhas pernas para empurrá-lo de volta, forçando-o totalmente dentro de mim. Leva apenas um pouco mais de tempo para me ajustar antes de relaxar completamente. Dói menos do que perder minha virgindade, mas ainda é um pouco desconfortável.

Os olhos de Trent ficam escuros e ele começa um ritmo de punição, puxando o mais longe que pode antes de bater seus quadris de volta em mim. Isso empurra minhas costas no chão até que posso sentir as pequenas pedras na areia cavando em minhas costas. Cada impulso de seus quadris atinge o ponto escondido dentro de mim, e meus olhos rolam para trás. Trent continua indo, me enchendo, até que minhas pernas estão tremendo em volta de sua cintura e minhas unhas estão se arrastando por suas costas. Eu canto seu nome, enquanto ele respira forte, seu rosto enterrado no meu pescoço. Seguro-o contra mim, levantando meus quadris para encontrar os dele. A tensão aumenta até que eu não aguento mais e grito para o céu noturno, quando finalmente encontro minha libertação.

Posso ter desmaiado um pouco porque, da próxima vez que eu abro meus olhos, fui rolada para cima de Trent, embalada contra seu peito. Sua jaqueta de corrida está puxada sobre minha cintura, cobrindo minha bunda e a parte inferior das costas. Sinto-me pegajosa e úmida entre as coxas, mas não consigo me importar agora. Meu corpo está lânguido e estou cansada. Trent passa a mão pela minha espinha, o que só me faz sentir mais confortável. Meus olhos tremulam. Seus braços me envolvem protetoramente. Ele está tão quente. Fecho os olhos e respiro profundamente. Nós ultrapassamos algumas linhas esta noite e me recuso a acreditar que não foi para melhor. Todas as coisas que eu queria dizer a ele antes morrem na minha garganta, mas juro que amanhã será o dia. Espero que depois, Trent e eu possamos finalmente encontrar uma maneira de estar na mesma página.

CAPÍTULO 16

SCARLET

Estar de volta a Las Vegas não melhora meu humor. Tudo o que posso ver é a garagem e o sangue, e ouvir os gritos enquanto as balas ecoam e ricocheteiam no concreto. Este hotel é um desastre e tem sido um espinho constante na minha vida desde que decidimos construí-lo, bem, desde que meu pai o encomendou. Havia muito potencial, mas ele o arruinou assim como tudo o que tocou. Mais do que gosto de admitir, agradeço a Deus que Raul Alverez não anda mais pela terra.

— Scarlet — Jay chama meu nome e eu pulo em resposta, tão perdida em meus próprios pensamentos. Seus olhos se estreitam, me estudando. — Você está bem hoje? — pergunta, bem quando Trent entra na sala.

Desvio o olhar rapidamente e imediatamente lamento ter feito isso. A tensão enche o ar como um cobertor grosso enquanto Jay continua avaliando meu comportamento ao mesmo tempo em que lança olhares furtivos para Trent.

— Estou bem — tento dizer a ele, assegurar-lhe que não estou nem um pouco nervosa agora que Trent me fodeu não uma, mas três vezes na noite passada.

A última vez foi dentro de seu carro, onde adormecemos novamente até que o sol apareceu no horizonte, deixando-me em pânico porque tínhamos que partir para Las Vegas em apenas algumas horas.

Trent nos levou de volta para minha casa segura, onde corri para dentro e pulei no chuveiro. Quando terminei, ele tinha ido embora e não o vi desde então. Lembro-me de melhorar minha fisionomia e manter as coisas profissionais. Há muitas coisas que precisam ser ditas entre nós dois e sei que a noite passada não tirou sua sede de me ver atrás das grades. Não que eu o culpe. Meu passado é algo com que sempre terei que conviver. As escolhas que fiz são meu próprio inferno pessoal.

— Quando sair daqui, quero que verifique seu quarto normal no La Flor — Jay instrui. — A última mensagem de Julio para você foi que se encontraria para jantar, discutiria a instalação e iria embora.

— Uhum — murmuro, acenando com a cabeça.

Ter Julio em meu território está começando a parecer um laço em volta do meu pescoço. Sei que este é o objetivo, o prego final no caixão proverbial da minha antiga vida. Julio é muito escorregadio, no entanto. Há uma razão para chamá-lo de Fantasma. O homem parece estar sempre dez passos à frente e acho irônico que ele nunca tenha juntado as peças em relação a mim, mas que tenha se sentido mal por causa do meu pai desde o início. Ele foi a única pessoa a estender a mão e realmente me parabenizar pela morte dele. Julio é um mestre da manipulação e notório por ser difícil de controlar; ele vai e vem quando quer. O fato de que fui capaz de convencê-lo a vir aqui hoje fala muito sobre sua ganância para obter as drogas que estou fornecendo. Eu preferiria que ele apenas ficasse no México, mas precisamos que ele finalmente feche este caso e torne-o verossímil quando eu cair.

Meus olhos se voltam para Trent e Jay, que estão, novamente, ambos olhando para mim.

— Desculpem, estou perdida em pensamentos — murmuro e eles trocam um olhar. Jay encolhe os ombros e a sobrancelha de Trent se levanta durante a comunicação silenciosa. Suspiro alto o suficiente para chamar sua atenção. — Estou bem. É estranho estar de volta aqui. Ir para aquele hotel hoje vai trazer de volta memórias ruins. Também estou preocupada com Bandara cruzando a fronteira e estar aqui.

— Existe algo que não sabemos ou com o qual devemos nos preocupar? — Jay me questiona e eu nego, balançando a cabeça.

— Ele apenas concordou muito rápido. Não é típico dele, sair das sombras. A menos que ele saiba e esteja aqui para me matar — eu divago, colocando os braços em volta da cintura. Sinto-me muito vulnerável agora. Muito exposta e definitivamente muito emocional para lidar com o fim. Não estou pronta para morrer e não estou pronta para ir para a prisão. Sei que meu tempo é limitado de qualquer maneira. Meu peito começa a ficar tenso e minha visão fica turva. Eu preciso de ar. — Eu só preciso de um minuto — digo, levantando a mão enquanto passo por eles e saio pela porta.

Caminho rápido pelo corredor até encontrar a entrada do telhado. Usando o cartão de proprietária, deslizo-o pelo sensor e subo correndo o pequeno lance de escadas, abrindo a última porta que está entre mim e o ar. Meus pulmões respiram instáveis e me concentro em inspirar pelo nariz até que minhas mãos parem de tremer. Ando em direção à saliência e inclino-me contra ela, as mãos apoiadas nas coxas.

Eu o sinto antes de vê-lo. Nem tenho certeza de como Trent subiu aqui, mas quando sua sombra cai sobre mim, eu relaxo instantaneamente.

— Você vai explicar do que se trata esse surto?

Olho para cima para vê-lo olhando para mim, sua sobrancelha levantada e sua mandíbula cerrada com força.

— Só preciso de um tempo — digo a ele, engolindo em seco para manter minha voz firme. — Esse é o fim, sabia? Eu tenho esperado por tanto tempo e eu só... é de mais.

— Você não pode desistir agora, Scar — ele me diz, sua voz endurecendo.

— Não. — Balanço a cabeça. — Não é isso. Eu não estou desistindo. Só estou com medo, não sei.

— Do que você tem que ter medo? Nosso plano é sólido, contanto que você o siga.

— Eu posso morrer — digo, antes que eu possa me conter. Odeio como essas três palavras soam fracas saindo da minha boca.

— Você não vai morrer — ele responde, tão seguro de si, como se eu devesse apenas acreditar.

Minhas mãos começam a ficar úmidas e meu coração dispara novamente. Tenho temido esse momento desde que as coisas começaram a se encaixar enquanto eu trabalhava com Jay. Sempre soube que o dia estava no horizonte e agora é a hora. Eu só queria que, ao olhar Trent nos olhos, não visse a indecisão ali. Ele não consegue decidir se me ama ou me odeia. Se ele quer que eu morra ou continue viva. A dor aperta meu coração. Mesmo que me odeie, mesmo que eu morra, ainda preciso ser honesta com ele. Eu derramei minhas entranhas em uma sala cheia de estranhos semanas atrás, mas tenho me agarrado a uma última verdade destinada apenas a Trent.

Respirando fundo, fico em minha altura máxima e esfrego as mãos nas pernas da minha calça. Minha cabeça levanta, olhos colidindo com os dele, mais uma vez.

— Se eu morrer...

— Você não vai morrer — ele me interrompe, e eu dou um passo para mais perto dele, parando-o.

— Se eu morrer ou viver e acabar indo para a cadeia, preciso que saiba de uma coisa — digo a ele, enquanto as lágrimas ardem em meus olhos. — Não saí de lá apenas por causa de Evita. Eu saí para salvar nossa filha.

Os olhos de Trent ficam glaciais, o músculo em sua mandíbula se contrai.

— O quê?

Dou mais um passo em direção a ele, que dá outro para trás. Meu peito se aperta em resposta.

— Eu tive que me salvar para proteger nosso bebê.

O silêncio se estende entre nós. Espero que fale ou grite, mas ele fica quieto. Abro minha própria boca para explicar, em seguida, fecho-a novamente.

— O que diabos aconteceu, Scarlet? — ele finalmente fala. — Você sabia que estava grávida e estava tudo bem em destruir minha vida de qualquer maneira? Nunca lhe ocorreu que se tivesse vindo até mim e me contado tudo, eu poderia ter ajudado? Eu teria salvado vocês duas.

Balanço a cabeça em negação, enquanto lágrimas caem em cascata pelo meu rosto.

— Eu não podia — sussurro. — Não teria funcionado e é por isso que trabalhei tanto para chegar aqui hoje, para que pudesse explicar.

— Explicar — Trent zomba. — Tudo que você fez foi apenas jogar uma bomba em mim horas antes da missão mais importante de nossas vidas. Agora também tenho uma filha para me preocupar e pensar.

— Eu queria te contar depois — imploro —, mas a ansiedade está me destruindo. Estamos tão perto. Essa coisa toda está tão perto de acabar e estou em pânico, porque... e se algo der errado?

— Jay sabe? — Trent pergunta e eu aceno com a cabeça em admissão.

— Eu disse a ele quando começamos a trabalhar juntos. Ele precisava saber o quão séria eu estava sendo.

— Não posso acreditar nisso. — Ele bufa, as mãos correndo pelo cabelo. — O que aconteceu?

Engulo em seco, lembrando-me de todos os detalhes, os menores fragmentos de informações que armazenei em minha mente, esperando e esperando que esse dia chegasse. Eu sabia que correria o risco de que Trent nunca me ouvisse. Agora, porém, eu o tenho para mim, em um telhado, onde posso finalmente revelar o último dos meus segredos.

CAPÍTULO 17

PASSADO...

SCARLET

Olho para baixo mais uma vez para o bastão branco parado na bancada suja do quarto do hotel, e vejo as duas linhas rosa. Uma confirmação do meu pior medo. Meu coração bate forte no peito e sinto que não consigo respirar. Eu não posso estar grávida. Pior, não posso estar grávida de um filho dele. Nunca terei permissão para mantê-lo, mesmo que a criança viva, se meu pai descobrir. Tudo que sempre escutei foi ele me dizendo que eu era inútil para ele e que deveria ter nascido homem. Foi por minha própria convicção que subi ao topo e me tornei útil. Porém, tudo isso mudaria se eu estivesse grávida. Se meu pai descobrisse que eu estava grávida do filho de seu inimigo. Trent morreria ou meu pai encontraria uma maneira diferente de usar isso contra ele para conseguir o que deseja.

Minha cabeça está girando e preciso me sentar. Aconchegando-me na cama, coloco as pernas para dentro e me deixo chorar. Minhas emoções estão por todo o lugar nas últimas semanas, e atribuí tudo isso a ter que deixar Trent. Se eu não tivesse feito uma ligação para Evita em um novo telefone descartável, nunca teria juntado as peças.

Depois de meses separada dela, finalmente consegui falar com minha prima. Eu contei a ela sobre o que aconteceu entre mim e meu pai e o que eu estava sendo forçada a fazer. Eu a adverti sobre Raz, embora ela já estivesse juntando as peças por conta própria. Ela admitiu que ele bateu nela, e eu me enfureci.

— Pegue um voo para me encontrar em LA — *digo a ela, conseguindo manter a voz calma, enquanto tudo que sinto é uma raiva quente queimando meu peito.*

— Não sei se consigo — *ela murmura de volta.*

— Você consegue — *afirmo.* — Diga para sua mãe que o acordo termina amanhã à noite e que você vai me encontrar para umas bebidas e celebrar. Ela vai aceitar essa resposta.

— Tudo bem. — *Evita suspira ao telefone.* — Como você está lidando com tudo?

— Eu me sinto uma merda — *começo.* — Me sinto péssima, Evie. Não consigo dormir, meu estômago está embrulhado o tempo todo, não consigo segurar nada que como. Só quero que tudo acabe. Eu me sinto tão culpada.

— Ah, querida — *ela sussurra no telefone, ouvindo enquanto eu desabo.* — Hum, Scarlet, você pesquisou sobre os sintomas que está tendo?

— Não — *murmuro.* — O que você quer dizer?

Ela suspira ao telefone.

— Garota, com seus sintomas, parece que você está grávida. Você e Trent estavam transando com frequência. Sempre usaram proteção?

Engulo em seco suas palavras, meu cérebro folheando as memórias.

— Sim, exceto talvez algumas vezes. — *Lembro-me vividamente da noite em que ele me disse que me amava e de acordar na manhã seguinte percebendo que esquecemos a camisinha. Aconteceu de novo e nunca pensei mais nisso.*

— Não — *grito no telefone.* — Oh, meu Deus, Evie, o que eu faço?

— Vá fazer alguns testes ou algo assim e depois me ligue de volta — *instrui, mantendo a voz baixa para que sua mãe ou pai não ouçam.*

Acabei comprando cinco testes diferentes, todos de marcas distintas. Alguns usam símbolos e outros, palavras. Uma é para gravidez precoce e os outros são para a menstruação que não veio. Eu nem consigo me lembrar do meu último ciclo agora. Rolo para o lado e pego o telefone descartável novamente. Evita atende no terceiro toque.

— Você comprou?

— Eu comprei alguns. Fiz um — *digo a ela, minha voz soltando outro soluço.*

— Scarlet...

— O que eu faço? — *Choro ao telefone. Meu mundo inteiro parece que está acabando. Terror como eu nunca conheci toma conta de mim até que eu não consiga respirar.*

— Seu pai vai matar você — *ela sussurra.*

— Eu sei. — *Eu choro mais forte.* — Se ele descobrir quem é o pai, nós dois estaremos mortos. Se por algum milagre eu puder dar à luz, se for um menino, ele o tirará de mim e o criará para assumir. Se for uma menina, ele pode assumir que ela é inútil para ele e se livrar dela. Ele é um monstro, Evie.

— Oh, Scarlet. — Ela funga, sua própria voz cheia de emoção.

— Não sei o que fazer. — Choro ainda mais, desejando poder voltar. Desejando que houvesse uma maneira de voltar para Trent e explicar tudo. Ele pode não estar disposto a me ajudar, mas ele faria isso se soubesse que eu estava grávida.

— Você pode ir atrás do Trent? — ela pergunta, lendo minha mente.

— Eu poderia, se passasse despercebida por Luis. Mesmo se eu chegar até ele, porém, meu pai vai me ver me aproximando. Ele está com os olhos a postos em Trent agora, até que as coisas desapareçam. Se meu pai apenas suspeitar que estou prestes a traí-lo, ele não hesitará em colocar uma bala em Trent.

— Isso é tão fodido. — Evita geme ao telefone.

Aceno com a cabeça, embora ela não possa me ver, e mais lágrimas escorrem pelo meu rosto. Eu não posso salvar os dois. Assim como não consegui salvar Evita e ele, tive que escolher. Desta vez, terei que escolher o bebê em vez dele. Apesar do medo paralisante, quero encontrar uma maneira de o bebê sobreviver. Só preciso descobrir como.

— Eu preciso deixar essa coisa com Trent acontecer — finalmente digo a ela, minha voz estranhamente calma, enquanto monto a solução na cabeça. — Preciso deixar isso acontecer para que meu pai ainda acredite que estou sob seu domínio. Então ele vai me dar o que prometeu, três anos de faculdade e Tulum.

— Então o que? — pergunta.

— Espero que Trent viva. De alguma forma, vou contar uma história sobre como acabei grávida. Meu palpite é que meu pai vai me deixar em paz até eu dar à luz — digo a ela, percorrendo todos os cenários possíveis disponíveis para o meu cérebro agora.

— Minha mãe conversou com seu pai e meu voo foi aprovado, encontro você amanhã — ela responde.

— Vá para o Viper's Den — digo a ela. — Preciso colocar este plano em prática assim que puder.

— Eu te vejo lá então — responde e nós desligamos.

Deito-me na cama, uma mão envolvendo meu abdômen protetoramente. Olho para o outro teste e decido que não custa nada verificar duas ou três vezes. Meia hora depois, todos concluem a mesma coisa. Eu vou ser mãe. Lágrimas escorrem dos meus olhos e eu choro até que meu corpo esteja muito cansado para fazer qualquer outra coisa além de dormir.

Não posso acreditar que consegui. Eu realmente não posso acreditar que Luis acreditou e já confidenciou ao meu pai sobre minha suposta relação sexual depois de deixar o Viper's Den na noite passada. Admito que o cabelo bagunçado e o chupão falso são provavelmente o que mais vendeu a história, mas ainda assim não foi tão bom. Eu fiz um trabalho meio idiota na melhor das hipóteses, tentando não me encolher e vomitar minhas tripas naquele quarto de motel. Agora que sei que estou grávida, coisas estranhas como sangue e outras nojeiras me deixam enjoada. Eu me preparei perfeitamente para começar a decadente e complicada encenação que vou embarcar, até que seja convincente o suficiente para que eu possa estar grávida de um filho de qualquer pessoa. Não preciso que meu pai questione quem é o pai.

Dormi esta manhã, fingindo que precisava descansar, quando, na verdade, eu queria mais alguns minutos de privacidade para verificar se havia novidades sobre Trent. A última vez que vi, o mesmo investigador que me parou nas ruas de Detroit, meses atrás, estava entrando na delegacia. Eles agora estavam especulando sobre o envolvimento de Trent. Eu pego o nome do investigador desta vez e escrevo em um pedaço de papel, antes de escondê-lo no fundo da minha bolsa. Assim que o bebê e eu estivermos seguros, farei a ligação. É hora de sair das sombras de meu pai e de seu reinado.

Sei que não sou inerentemente má. Minha consciência esteve mais presente no ano passado do que nos últimos três juntos. Eu precisava me encontrar novamente para perceber que essa não é quem eu quero ser. Trent me ensinou o tipo de pessoa que posso ser. Com sua força inabalável e bússola moral constante, ele é a definição de um cara bom. Eu gostaria de ter confiado mais na minha intuição no início, em vez de ouvir meu pai. Se eu tivesse, porém, não teria tido tempo extra com Trent. Não carregaria uma vida que criamos. Pode me chamar de louca, mas espero que um dia ele fique tão animado com o bebê quanto eu. Espero que ele possa me perdoar.

Encontramos Evita na pista de pouso e noto suas inúmeras bolsas. Levantando minha sobrancelha, eu rio levemente.

— Você não estava brincando sobre ser uma clandestina.

Seus olhos pousam nos meus e seus lábios se curvam em um sorriso.

— Acho que você vai precisar de mim por um tempo. — Eu paraliso com suas palavras, mas ela continua: — Você vai precisar de alguém para se divertir a fim de se preparar para a vida universitária.

Ela me dá uma piscadela conspiratória, antes de pegar minha mão na dela. Sigo-a até o avião, antes de parar para dar uma última olhada na área de Los Angeles. Apenas uma semana atrás, a vida era tão diferente. Meu coração lateja no peito e uma dor que nunca senti parece que está partindo meu coração em dois. Com uma última olhada no horizonte, subo os degraus até o avião e desapareço dentro da cabine. Juro deixar tudo para trás. Algum dia eu voltarei. Algum dia tornarei isso melhor. Agora, porém, tudo que posso fazer é me salvar e proteger a semente de vida que cresce dentro de mim.

CAPÍTULO 18

DIAS ATUAIS...

TRENT

Escuto Scarlet contar o resto de sua história e o último segredo que ela está escondendo de mim. Eu quero sacudi-la. Quero estrangulá-la. Também quero transar com ela e tomar cada centímetro do seu corpo pelo resto de sua vida. Estou tão irritado agora, tudo em que posso me concentrar é na névoa vermelha, abrindo caminho em minha visão. Minha mente volta no tempo, revivendo aqueles últimos meses antes de tudo virar uma merda. Houve muitas idas e vindas, Scarlet querendo ir embora e então decidindo ficar, ela dizendo que também me amava e muito sexo de reconciliação. Lembro-me dela dizendo algumas vezes que não se sentia bem, mas sempre atribuía isso a constante montanha-russa emocional que nosso relacionamento estava passando. Nunca me passou pela cabeça que ela estivesse grávida.

As peças do quebra-cabeça se encaixam e toda a história começa a fazer sentido. Eu odeio isso. Quantas vezes Jay me disse para falar com ela, para ouvir tudo? Mais do que quero admitir. Minha teimosia sempre veio em primeiro e minha sede de vingança em seguida. A desaprovação de Jay ao meu plano de enviar Scarlet para a prisão faz sentido. Pela primeira vez em anos, até me arrepio com minha própria crueldade. Como diabos vou prender a mãe da minha filha?

Esfrego as mãos no rosto e dou mais um passo para trás dela. Minha mente é assaltada com imagens da última vez que estivemos em Vegas e a expressão vazia de Scarlet em seu rosto quando atirou em seu velho. Claro, ele merecia e, na época, era ele ou eu. Eu duvidei dela quando se tratou de aceitar sua morte. Não acreditei que estava instantaneamente do nosso lado. Agora, sabendo que ela está lutando contra ele há seis anos, parece que meu coração está voltando à vida. Tudo o que eu pensei que sabia foi virado de cabeça para baixo.

Eu tenho uma filha.

— Onde ela está? — pergunto, finalmente capaz de levantar meus olhos para olhar para ela.

— Tulum — Scarlet responde — com Evita.

— No México?

— Ela está mais segura lá do que aqui ou em Tijuana, onde meu pai morava. Muito poucos sabem sobre sua existência e eu queria mantê-la assim. Até que isso acabasse, pedi que ela pudesse ficar lá. Estou de olho nela e Jay também — Scarlet fala, em detalhes.

Estou de acordo com ela, só me irrita mais saber que Jay está mais envolvido na vida da minha filha do que eu.

— Qual é o nome dela?

Scarlet respira fundo.

— Selene. Era lua cheia na noite em que ela nasceu. Juro que quando estava dando à luz, continuei sentindo o cheiro de fogueira e, depois de tudo, na próxima vez que olhei para o céu, era um redemoinho perfeito de rosa e azul, assim como na noite em que nos conhecemos. E mesmo que fosse amanhecer e eu estivesse em trabalho de parto por horas, a lua ainda estava lá brilhando.

Suas palavras fazem meu peito apertar. Odeio ter perdido isso. Odeio que minha filha tenha cinco anos e não sei nada sobre sua vida ou sua aparência. Meus olhos ardem e eu os esfrego com as palmas das mãos. Scarlet chora silenciosamente na minha frente. Eu quero abraçá-la e, ao mesmo tempo, estou com tanta raiva que tento me convencer de que ela merece.

— Eu rezei por uma menina — diz ela, mais uma vez chamando minha atenção para si. — Eu sabia no meu coração que se fosse um menino, ele seria igual a você. Não haveria como esconder. Eu entrei em pânico por meses. Depois de descobrir que eu estava grávida, meu pai não ficou feliz, mas também fez o que pensei e me deixou em paz. Eu ainda estava sendo observada o tempo todo e sabia que ele ficaria curioso sobre o sexo do bebê para ver se poderia ganhar alguma coisa. No dia em que o médico me disse que era uma menina, eu nunca me senti mais aliviada.

— Você tem uma foto?

Ela balança a cabeça.

— Eu nunca carrego uma. Se alguma vez caísse nas mãos erradas, não queria que ninguém fosse atrás dela. Ela é linda, Trent. Tem cabelos escuros como os meus, mesmo nariz e lábios, mas com seus olhos.

Aceno com a cabeça, tentando imaginar tudo, cada detalhe em minha mente. Mais uma vez odiando Raul Alverez por fazer parte da minha vida. Ele manchou tudo e sua marca ainda é deixada no mundo. Achei que a noite passada tinha sido uma pausa para Scarlet e eu, apenas para fechar o círculo com mais segredos.

— Sinto muito — ela sussurra, e não consigo tranquilizá-la.

Eu entendo até certo ponto, pelo que ela explicou. Não posso deixar de pensar, porém, que poderia ter ajudado. Eu poderia ter intervindo. Poderia tê-las protegido se ela confiasse em mim. Eu teria desistido do motocross e da AfterHours em um piscar de olhos e chamado Jay também.

— Você deveria ter me dito — digo a ela. — Poderíamos ter consertado tudo.

— Você teria consertado tudo, no entanto? Se eu tivesse vindo até você e lhe contado tudo, você teria ido embora naquele dia? Sabendo que eu estava mentindo e traindo você? — ela rebate.

Minha mandíbula se aperta. Quero argumentar que teria, mas não tenho certeza. Em retrospectiva, sim, gosto de pensar que teria. Eu não posso afirmar sobre o meu eu com 21 anos de idade, no entanto. Olho para baixo em seu estômago, pensando sobre a noite passada.

— Eu não usei camisinha na noite passada.

Seus olhos encontram os meus e um sorriso triste aparece em seus lábios.

— Estou limpa. Também tenho um implante contraceptivo agora.

Eu concordo, um silêncio se estendendo entre nós novamente.

— O que fazemos agora? — pergunto, esperando que ela tenha uma solução melhor do que a minha.

— Continuamos com nosso plano — ela responde. — Julio estará aqui em breve. Acabamos com isso, então lidamos com o que vier a seguir.

— Sua garganta se move novamente. — Não estou dizendo que não fiz coisas horríveis. Eu só queria que você entendesse por que fiz isso. Enquanto eu estiver fora, você vai pegar Selene e criá-la?

— Scar — eu começo a dizer antes que ela me interrompa.

— Ela conhece você. Bem, sabe sobre você. Eu nunca menti sobre o pai dela, apenas mantive o seu nome em segredo se o avô visitasse. Evita diz a ela todos os dias que estamos em uma aventura para salvar o mundo. Então, ela conhece você. Se você a levar, ela ficará emocionada em conhecê-lo — conclui Scarlet.

Dou um passo em sua direção, minhas mãos descansando suavemente em seus ombros. Seu corpo fica rígido, como se ela não tivesse certeza sobre o contato. Dou um pequeno puxão para frente, até que ela se aproxime. Seus braços eventualmente envolvem minha cintura, sua cabeça descansando no meu peito. Eu a seguro, até que ela pare de chorar e até que meus próprios sentimentos sejam menos intensos. A situação em que estamos fica ainda mais complicada. Jay e eu vamos conversar. De alguma forma, tenho que reexaminar minhas próprias crenças e descobrir com o que posso viver e com o que não posso. Mas primeiro temos um encontro com Julio Bandara.

— Olá, *momma*. — Julio Bandara, Ghost, um homem notório que passamos anos procurando, acaba de entrar na sala com a arrogância do criminoso que é.

O que eu mais odeio, porém, é quando ele para na frente de Scarlet e a beija na bochecha. Ela pode estar alheia, mas eu vejo. A forma como seu olhar a percorre com uma pitada de possessividade. Ele a quer. Para minha sorte, posso ouvir tudo, enquanto ainda estou agindo como seu guarda-costas.

— Como está o seu quarto? — pergunta, quando eles se sentam novamente.

— As rosas dão um belo toque. — Ele sorri para ela, que ri, as pontas dos dedos roçando em seu braço. Minha mandíbula aperta e luto contra a vontade de não fazer uma cena. Outra razão pela qual ficarei feliz em ver tudo isso acabado é que Scarlet pode parar de atuar.

— Eu esperava mais mercadoria — ele acrescenta, e a cabeça dela balança, um sorriso secreto no rosto.

— Há mais. — Suspira, antes de se sentar novamente em sua cadeira, cruzando as pernas. — Infelizmente, a morte do meu pai me deixou com mais olhos do que eu gostaria. Os negócios aqui são quase inexistentes. Preciso voltar para casa.

— O que está impedindo você? — questiona, suas pernas se abrindo enquanto ele pensa no que ela está dizendo a ele.

— Além do óbvio. — Ela abre os braços, indicando o hotel. — Não, é o anonimato.

— Tenho certeza de que uma mulher inteligente como você tem um plano — ele retruca, finalmente tomando um gole do uísque na frente dela. Suas perguntas parecem inofensivas, exatamente o que um parceiro de negócios perguntaria, só que Bandara não desempenha esse papel. Ele a está testando.

— Encontrei um motorista. — Scarlet devolve a dose de tequila sem pestanejar. — Há um novo caminho chamado *Estreito do Arroz*. Amanhã à noite, estou esperando que minha remessa seja entregue.

— Com o hotel fora de serviço, você precisa de outro ponto de distribuição — ele fala arrastado, e ela acena para ele novamente.

— Eu fiz algumas sondagens. A maioria deles é acessível.

Julio acaricia o queixo com os dedos, perdido em pensamentos, antes que seus olhos se voltem preguiçosamente para ela.

— Eu tenho um cara, mas vai te custar, *momma*.

Scarlet faz uma careta.

— Não consigo me mexer muito agora. Dinheiro, sim, tenho isso em mãos. Nada além até que toda essa mídia e os policiais me deixem em paz novamente.

— O dinheiro sempre fala mais alto, Scarlet, você sabe disso. — Ele sorri para ela.

— Quanto seu cara me custaria, depois que você tomar sua parte? — Sua cabeça se inclina como se ela estivesse refletindo sobre isso.

— Ele é um homem razoável. Tenho certeza de que você consideraria aceitável — Julio responde, e Scarlet acena com a cabeça, fingindo pensar no assunto.

— Encontro no *Estreito do Arroz*? Você leva o produto para sua pessoa, deixa a minha parte e retira sua própria de lá? — ela pergunta, fazendo um plano. Julio a observa por um segundo antes de concordar com a cabeça.

— Eu geralmente cobro por entregas pessoais — ele diz, e ela ri.

— Te dou uma noite grátis em nossa cobertura.

Ele sorri torto para ela, quando ela abre um sorriso.

— O que você planeja fazer com sua liberdade recém-descoberta com o papai morto? Duvido que pense em ficar aqui.

— Depois desse acordo, vou deixar os Estados Unidos por um tempo. Tijuana não está no meu radar, então não se preocupe. Estou pensando em passar um tempo na costa leste — diz ela.

Bandara acaricia o queixo, pensando em suas palavras e propostas. Ela basicamente está entregando a ele o melhor acordo que poderia ser apresentado entre os dois, dizendo que planeja dar o fora da terra que seu pai estava controlando. Que pena que o acordo não é real. Com Alverez fora do caminho, Julio pode expandir naquela área, já que Scarlet não planeja reivindicá-la.

Ou ela só está esperando pela oportunidade de te foder de novo, penso, antes que eu possa me impedir. Tem acontecido mais recentemente e depois da forma que a manhã passou, não vou mentir e dizer que não estou inquieto com isso. Scarlet tem mais a perder do que eu imaginava. Quando terminarmos com esta missão, ela estará condenada à prisão. Tempo de prisão pelo qual lutei, fiz minha apreensão e incluí no contrato final que ela assinou com Jay pelo seu acordo judicial. Scarlet Reyes é uma delatora e leva todos os seus amigos, homens como Julio Bandara, para baixo com ela. E por estar tão empenhado em garantir que ela cumpra e pague todos os seus pecados, minha filha agora vai ficar órfã de mãe.

Eu divago o máximo que posso, fingindo estar o mais desinteressado possível, até que Scarlet sinaliza que eles estão prontos para sair da sala. Bandara não vai mais pernoitar no hotel, pois quer chegar ao *Estreito* o mais rápido possível. Se você me perguntar, ele está paranoico. E, sabendo que o hotel é onde o pai de Scarlet morreu, quer se mandar daqui. Eles escolhem um horário para a entrega e ela conta sobre o motorista. Eles se despedem com uma familiaridade que me irrita, mesmo quando não tenho o direito. Scarlet não é minha. Ela pode ter me dado seu corpo novamente e derramado o resto de seus segredos, mas ainda há muita coisa entre nós. Muita raiva, mágoa e traição, e isso é só de mim.

Vejo Julio recuando e espero até que ele desapareça de vista, antes de ajudar Scarlet a se levantar. Ela me olha e toma outra dose de tequila antes de se levantar.

— Eu consigo ir para o meu quarto — ela murmura, seus olhos fixos no chão. Desde nossa conversa algumas horas atrás, ela se fechou.

— Eu vou naquela direção de qualquer maneira, Scar, deixe-me levá-la — digo a ela.

Seus olhos brilham com o uso de seu apelido. É breve e mal aparece antes que ela desvie o olhar e acene com a cabeça. Mantenho as aparências enquanto a acompanho de volta para seu quarto, uma vez que sua porta se fecha atrás dela e tenho uma mensagem confirmando que ela está bem, volto para o telhado para confrontar a próxima pessoa da minha lista.

Jay se encosta à beirada, fumando um charuto e esperando.

— Achei que você poderia vir me encontrar — ele diz, embora eu ainda não tenha falado.

— Você sabia — respondo. Não adianta acusá-lo. Scarlet já me contou o que aconteceu.

Jay suspira.

— Estou feliz que você finalmente falou com ela.

Sem desculpas, nenhuma desculpa. Eu zombo.

— Teria sido bom saber mais cedo.

— Não cabia a mim te contar. Ela também incluiu isso em sua cláusula de proteção. — Ele inala, os olhos me observando. — Eu disse para você falar com ela. Vocês dois serem teimosos e sem vontade de confiar em ninguém é o que os trouxe aqui.

Eu odeio que ele esteja meio que certo. Balanço a cabeça, ainda incapaz de envolver minha mente em torno do fato de que sou pai. Tenho uma menina, que tem meus olhos, aparentemente, e eu nunca a conheci. Corro a mão pelo cabelo antes de tirar um cigarro do maço, acendê-lo e respirar fundo. Esta menina vai me odiar quando perceber que sou a razão pela qual sua mãe está atrás das grades.

Jay parece sentir minha luta interior. Sua mão bate no meu ombro.

— Vamos apenas sobreviver ao amanhã. Depois de lidarmos com Bandara e Los Moños, então poderemos refletir sobre o resto. Nada será decisivo até que o relatório seja concluído.

Mantenho os olhos no horizonte enquanto ele se afasta, pensando sobre suas palavras. Espero que as coisas fiquem mais claras depois de amanhã, quando tudo isso ficar para trás. O fim deste caso está ao meu alcance há muito tempo. A perda que sofremos para chegar aqui foi grande. Estou fazendo isso por Blake e agora estou fazendo por Selene. Achei que não me importaria se conseguiria sair vivo, contanto que finalmente acabássemos com os monstros. Agora tenho o maior motivo para continuar vivo. Eu entendo Scarlet, só um pouco mais, e é isso que vai me manter acordado esta noite.

CAPÍTULO 19

TRENT

— Você tem certeza de que está pronta? — pergunto a ela novamente, e não perco a pitada de aborrecimento em sua atitude quando ela estreita os olhos para mim.

— Você age como se eu nunca tivesse feito isso antes — diz ela.

Encolho os ombros.

— Apenas me certificando de que você realmente planeja aparecer, Reyes.

— Eu não perderia por nada — ela retruca, com uma mão no quadril e a outra segurando o telefone. — Dax já confirmou.

— Avise-nos quando sair, para que possamos saber mais ou menos quando encontrar você — Jay instrui de onde está parado perto da porta, pegando nossas malas e dinheiro. Ele está pronto para sair e eu não consigo me mover. Minha mente se lembra desse mesmo sentimento de seis anos atrás. Uma sensação de perda misturada com uma necessidade ansiosa de manter Scarlet na minha linha de visão enche meu peito.

— Está pronto? — Jay pergunta, e eu aceno.

— Estarei lá em um minuto.

Ele sai sem dizer uma palavra e então somos apenas Scarlet e eu.

Sua sobrancelha levanta.

— Se você planeja apenas me dar um sermão sobre seguir ordens, eu já entendi. Quero que isso termine tanto quanto você, Trent.

Meus lábios se contraem de diversão.

— Não amoleça esta noite, Scar. *Faça seu melhor*. Termine com um estrondo, para que ninguém se esqueça da rainha.

— Cortem as cabeças, certo? — ela diz, com uma risada forçada. Seu sorriso não encontra seus olhos e algo que parece estranhamente com culpa se enterra em meu intestino.

Sigo em direção a ela, não parando até que estou perto o suficiente para que ela incline a cabeça para trás. Levanto a mão e passo meus dedos por sua bochecha, até a ponta de seu queixo. Seus olhos suavizam e seus lábios se partem. Minha mão desliza em seu cabelo, os fios grossos e pretos envolvem meus dedos neles, e eu aperto com mais força.

— Fique segura — digo a ela, a emoção engrossando minha voz.

Seus olhos encontram os meus, um brilho de lágrimas fazendo-os brilhar. Incapaz de falar, ela acena com a cabeça e murmura a palavra "sim". Eu me inclino e toco meus lábios em sua testa, inalando-a, saboreando a sensação de sua pele, antes de dar um passo para trás. Seus olhos me seguem enquanto atravesso a sala até a porta. Ela não grita ou corre atrás de mim. Com a mão na porta, olho para ela uma última vez. Ela se endireita, a máscara que vi dezenas de vezes no mês passado desliza e ela inclina o queixo para cima. Um adeus silencioso passa entre nós antes de eu sair para o corredor e fechar a porta atrás de mim. *Vejo você do outro lado.*

Antes de o sol se pôr, Jay e eu temos tudo preparado para ir. Nossa equipe está nos arredores. Longe o suficiente para não ser detectada. É isso que espero, pelo menos. Julio Bandara tem um talento especial para descobrir o impossível e escapou de nossas mãos mais de uma vez. Desta vez, temos esperança de que ele não espere ser enganado por alguém em quem aparentemente confia. A ironia da situação não passou despercebida. Há quantos anos eu estava em uma posição semelhante?

A última vez que tivemos notícias de Scarlet, ela estava entrando no carro de Dax. Ela optou por deixar seu celular no hotel e a estamos rastreando no pequeno dispositivo preso a um de seus grampos de cabelo. Eles estão com bastante tempo e devem estar no local designado para se encontrar com Bandara, conforme planejado. Quando conversei com Cougar, ele me garantiu que Dax era a pessoa certa para o trabalho e se certificou de que lhe daria as informações quando ela entrasse em conato. Sinto-me um pouco melhor sabendo que é ele quem vai dirigir. Scarlet não tem plena consciência de quão longe meus contatos vão ilegalmente, e gosto de manter assim. Jay e eu passamos muito tempo trabalhando no meu álter ego para que o Scar existisse e pudéssemos obter informações.

Quando a lua está alta no céu, o carro de Dax dirige até onde fica o *Estreito do Arroz*. Depois de alguns minutos, ele apaga as luzes, mas mantém o motor funcionando. Com seus vidros escuros, não consigo distingui-los, mas fico aliviado por eles ficarem no carro. A areia brilha ao luar e as montanhas próximas parecem pilares negros, criando uma parede ao redor de onde estamos. Usando um par de binóculos de visão noturna, examino o perímetro e a única estrada de terra próxima de ambas as direções. Não há movimento em lugar nenhum. Jay usa um código para acessar nossos rádios. A equipe responde usando a mesma técnica. Calafrios começam a percorrer minha espinha e meus dedos flexionam contra o colete à prova de balas em meu peito. A meia máscara facial está começando a ficar sufocante. A dúvida rasteja sobre minha pele, e estou prestes a ir em direção de Dax.

Dou um passo quando a porta do passageiro do carro se abre. À luz da lua, posso ver a forma de Scarlet quando ela sai do veículo e se move para se encostar ao capô. De repente, Dax pisca suas luzes três vezes. Os cabelos da minha nuca se arrepiam quando se ouve o ronco suave de um veículo que se aproxima, vindo do monte do *Estreito do Arroz*.

— Aguente firme — Jay diz baixinho, tão baixo que só eu posso ouvir, e aceno.

Um Jeep Cherokee de aparência surrada logo está acelerando e indo direto para o carro. O carro para a poucos metros. Scarlet sai de cima do capô e se aproxima da porta do lado do motorista. Eu a vejo estender o braço no veículo e puxar o que parece ser uma bolsa preta. Dinheiro. Ela está fazendo sua parte na transação. Dax sai em seguida e ela joga a bolsa em sua direção. Ele dá a volta no carro e abre o porta-malas. Logo depois, outro motor, desta vez mais alto, corta o silêncio. Scarlet e Dax se voltam na direção que Jay e eu já estamos olhando. Três veículos apagados estão indo em direção ao grupo. O veículo do meio é um Hummer reforçado. A coisa parece à prova de balas e bombas.

— Tem que ser Bandara — eu digo baixinho, e Jay concorda. Ele fala rapidamente e baixo em seu rádio, antes de sinalizar que é hora de se aproximar.

Descemos de nosso ponto pouco antes de todos os três veículos que se aproximam acertarem seus faróis. A adrenalina sobe em minhas veias e minha concentração fica mais clara. Agora posso ver Scarlet bem no meio da ação. Eu gostaria que ela pudesse me ouvir. Gostaria que houvesse uma maneira de enviar uma mensagem para encorajá-la. *Estamos quase lá. Está quase acabando*, penso repetidamente em meu cérebro, esperando que ela possa me sentir.

Julio sai e caminha até Scarlet, abaixando-se para colocar seus lábios contra o rosto, e minha mão flexiona ao meu lado. Ele deve ter dito algo engraçado, a cabeça dela se inclina ligeiramente, e ela ri antes de conduzi-lo para o jipe que o esperava. Um homem corpulento, mais velho, sai e vai em direção ao baú com eles. O homem e o Bandara apertam as mãos, e Scarlet faz um gesto para que seus rapazes comecem a mover o produto do Jeep para um dos motoristas do Bandara.

— Esperem — Jay range no rádio. Meu dedo coça para puxar o gatilho em todos esses idiotas, mas eu me controlo. Precisamos da intenção de distribuir e não podemos obter essa acusação, a menos que o Bandara vá embora.

É pura agonia esperar até que a última caixa seja carregada e Bandara fique na frente de Scarlet novamente. Eles apertam as mãos e ela o segue até seu veículo. Cada músculo do meu corpo fica tenso quando ele enfia a mão no bolso de trás, apenas para puxar um envelope separado, que ele entrega a ela, bem no momento em que o disparo de uma bala atinge o veículo. Scarlet e Julio se abaixam, enquanto seus homens começam a atirar na direção de onde veio o tiro, às cegas, porque está muito escuro para ver qualquer coisa. Logo mais balas estão sendo disparadas em todas as direções.

— Que porra é essa?! — Jay grita, descendo a colina correndo, e eu o sigo, logo atrás dele.

Dax se refugiou atrás de seu carro e o outro homem agora também está atirando. Nossos homens começam a seguir em frente, quebrando o plano e colocando toda a operação em pânico. O medo fica preso na minha garganta, bem quando Julio agarra Scarlet e a segura como um escudo à sua frente, sua própria arma apontada para ela. Eu congelo, no rosto dela é visível um momento de choque enquanto a raiva brilha em seus olhos. Ele a impulsiona para dentro do veículo e joga seu motorista para fora para entrar atrás dela. Com certeza, as balas ricocheteiam no Hummer. Os pneus guincham quando ele sai, levantando poeira e sujeira.

— Eles estão indo para a fronteira! — Jay grita, seu braço acenando para nossa equipe seguir. — São apenas oito quilômetros. Se eles cruzarem, perdemos tudo isso!

Olho para trás em direção ao carro de Dax e corro.

— Chaves! — grito e ele as joga no ar.

Eu pulo e ponho o pé no acelerador. É um milagre eu chegar tão perto quanto chego. Tirando minha arma do quadril, coloco a mão para fora da janela e começo a mirar nos pneus. Julio consegue evitá-las e isso nos manda para fora da estrada e para a parte acidentada do terreno.

— Merda — murmuro, antes de engatar uma marcha alta, o que faz com que a parte traseira do meu carro gire enquanto ganho a tração de que preciso.

Corro atrás deles, enquanto ouço Jay em meu ouvido contando quantos quilômetros ainda tenho. Cada vez, parece um relógio contando uma explosão. Meu coração dispara e o suor se acumula em minhas têmporas. Eu não posso perdê-la.

Girando o volante, consigo voltar um pouco para a estrada e o carro se inclina para a frente. Tenho espaço suficiente novamente para atirar. Desta vez, consigo pegar o pneu traseiro, e o Hummer se desvia com o impacto do pneu saindo. Puxo o gatilho novamente e consigo acertar mais um. O Hummer derrapa completamente até parar de lado. O movimento faz com que uma nuvem de poeira fique espessa no ar. Puxo o freio de mão e paro perto deles, conseguindo sair do carro antes que Julio possa atirar em mim. Tenho quase certeza de que as janelas de Dax não são à prova de balas.

A porta do carro bate e um grito abafado de Scarlet atinge meus ouvidos. Apertando os olhos através da poeira, arrasto-me ao longo da lateral do carro até que o vejo agachado, ainda a segurando presa em seu peito.

— Solte-a, Bandara! — grito e sua cabeça gira em minha direção. — Deixe-a ir. É por conta dela que estamos aqui. — Eu mantenho a farsa. Eu não quero perder Julio, mas me recuso a deixá-lo levar Scarlet por essa fronteira. Há uma boa chance de ele matá-la. Eu não posso perdê-la.

Eu a observo se debater contra ele. Tenho que dar crédito ao homem, ele pelo menos contempla suas opções. Provavelmente avaliando o quanto ele realmente precisa dela. Ele a empurra para o chão e começa a correr para a fronteira, atirando em mim enquanto avança. Corro atrás dele, atirando. Sinto uma queimação no braço, mas continuo. Meu cartucho está quase vazio. Caindo sobre um joelho, dou um tiro firme, respirando com dificuldade. Desta vez, não erro. Bandara cai no chão, enquanto o sangue brota em uma mancha vermelha em suas costas. As sirenes estão se aproximando agora. Tenho certeza de que finalmente alertamos a Patrulha da Fronteira. Atrás de mim, posso ouvir pneus de carro derrapando no cascalho. Hélices de helicóptero giram pela área e um holofote branco me atinge. Largo a arma e levanto as mãos atrás da minha cabeça. Meus olhos nunca deixam o corpo do Bandara, temendo que, se eu piscar, ele irá desaparecer e tudo isso será em vão. Espero que ele sobreviva, mas não preciso dele vivo.

Acabo sendo colocado de pé, bem no momento em que a equipe médica está pegando o Bandara. Jay ordena a um de nossos rapazes que fique com ele, não confiando em ninguém ao nosso redor. Aproximo-me de Jay, que faz uma careta quando olha para mim.

— Você levou um tiro, porra?

Olho para baixo e, com certeza, há um rasgo na minha pele.

— De raspão.

— Isso foi quase realmente ruim. — Jay suspira. Seu rosto parece cansado e desgastado. — Agora temos que limpar.

— Quem disparou? — pergunto, ansiosamente.

Seus olhos pegam os meus como se lesse minha mente e ele balança a cabeça.

— Um dos nossos. Ele pensou que soubesse mais do assunto do que eu e deu um tiro antes que estivéssemos prontos.

Agora é a minha vez de suspirar de alívio.

— Ela está bem?

— Um pouco machucada — responde Jay. — Mas por que você se importa? Você ainda não confia nela. Um segundo atrás, estava pronto para acreditar que ela nos delatou e estragou nosso disfarce.

Meus olhos se fecham. Eu odeio que ele esteja certo. Abaixo a cabeça, sentindo-me um merda. Como vou consertar o que está quebrado entre nós? Scarlet provou hoje que ela está totalmente do nosso lado. Tudo o que ela compartilhou foi para nos ajudar a chegar aqui, e eu não consigo deixar de lado o que aconteceu há seis anos. Não sei se conseguirei.

Hesitante, eu me movo em torno de Jay e vou em direção à Scarlet. O paramédico a colocou sentada na parte de trás de uma ambulância com um cobertor sobre os ombros. Observo a forma como seu cabelo está soprando com a brisa, as marcas de lágrimas em seu rosto, até o par ridículo de sapatos de salto alto preto e brilhante que ela está usando. Quando nossos olhos se encontram, posso ver a tristeza nas profundezas de seus orbes chocolate. Pela primeira vez desde que ela voltou para minha vida, posso ver a vulnerabilidade que ela carrega. Uma mulher despedaçada tão jovem, que foi forçada a fazer coisas indescritíveis para proteger a todos, inclusive a mim. *Quando um monstro não é um monstro?* Um flash de memórias passa em minha mente. Desde a primeira noite na praia, na vez em que Blake morreu, até a outra manhã, quando ela desnudou sua alma, sua razão para continuar e conseguir manter nossa filha viva. *Então, um monstro não é um monstro... quando você o ama.*

Meu pé chuta uma pedra quando finalmente me aproximo dela. Ela olha para cima, mantendo contato visual, mesmo enquanto as lágrimas rolam por seu rosto.

— Você está ferido.

Eu aceno, meu rosto permanecendo solene.

— Vou viver. Você está machucada?

Ela balança a cabeça e morde o lábio. O silêncio paira no ar.

— Obrigada por vir atrás de mim. Estava com medo de parecer que eu tinha planejado isso.

— Você planejou? — pergunto, sentindo-me como o maior idiota do mundo uma vez que o faço. Seus ombros se inclinam para frente.

— Não — ela responde —, eu não faria isso. Estou finalmente livre desta vida. Eu quero ser uma mãe que Selene se lembre de uma forma boa.

Minha garganta aperta com a emoção reprimida. Meus pensamentos estão espalhados por todo o lugar. Meu peito se aperta. Estou tão perto de explodir, mas o medo está me segurando. Não sei o que fazer. Eu preciso sair daqui e ficar longe dela, de Jay, de todos. Eu não consigo pensar. Minha bússola não está me levando para onde eu pensei que deveria e me assusta pra caralho. Preciso de tempo.

— Deixe o paramédico cuidar de você — digo a ela, minha voz como cascalho em meus ouvidos. — Eles a levarão de volta às nossas instalações até a data do seu julgamento.

Os olhos de Scarlet piscam e a luz diminui. Seu rosto se contorce e ela abaixa a cabeça. Acena em resposta, suprimindo um soluço. Tenho que me forçar a ir embora. Posso sentir os olhos de Jay nas minhas costas, mas não paro. Eu preciso sair daqui.

CAPÍTULO 20

SCARLET

Seis a dez anos. Tive vontade de rir quando foi isso que o promotor me disse que eu receberia em troca do meu testemunho, juntamente com os nomes e localizações dos meus associados. Seis anos para chegar a este ponto e outros seis a dez até, talvez, eu ver o lado de fora de uma cela novamente. Selene será uma adolescente quando eu sair e provavelmente vai me odiar tanto quanto odiará o mundo. Suspiro, recostando-me na cadeira, pensando sobre a oferta. No final das contas, mesmo dez é melhor do que vinte e cinco da perpétua que Trent sempre me provocou.

Trent. Meu coração dói só de pensar nele. Eu não o vi desde a noite no deserto. A noite em que ele finalmente me fez perceber que nunca haveria como ficarmos juntos de novo. Todos os danos que eu criei seriam sempre demais. Muito para perdoar e muito para seguir em frente. Não posso culpá-lo. Eu era egoísta na época em não confiar nele, ou mesmo em contar sobre Selene e meus medos. Também não posso dizer que faria as coisas de maneira completamente diferente. Até que você tenha vivido com o diabo e experimentado o inferno, você não pode dizer que ficaria bem se decidisse em ir embora. Eu teria morrido há seis anos se tentasse ir embora e meu pai tivesse descoberto sobre Selene. Não há jeito de contornar isso.

Quando voltamos para Vegas, Jay me mudou para uma instalação privada enquanto eles realizavam o processo. Relatórios, evidências, entrevistas, tudo o que é necessário antes do tribunal. Jay me puxou de lado e me disse que contatou uma mulher chamada Stephanie Troyer, e ela cuidaria do meu caso. Estava tirando Trent da tomada de decisão, o que a princípio foi doloroso de ouvir, mas agora acho que é o melhor. Seis a dez é um número que mereço pelas coisas que fiz, considerando que Jay temia que Trent fosse muito emocional e próximo para lidar com a situação. Não quero que Trent tenha que passar por nada disso comigo também. Ele merece seguir em frente e, finalmente, se vingar do homem responsável pela morte de seu amigo. E precisa de um tempo para conhecer Selene, para que possa ver como ela é incrível por si mesmo. Além de Evita, não há ninguém em quem eu confie mais do que Trent para cuidar de nossa filha, mesmo que ele me odeie.

Minhas noites se transformam em dias e meus dias, noites, até que perco a noção do tempo completamente. Três semanas se passam e sei que o julgamento está se aproximando e Stephanie está começando a me preparar. Estou detida sem opção de fiança, devido aos meus crimes e vários passaportes.

Jay prometeu que verei Selene antes de partir. Choro toda vez que penso nela e em tudo que vou perder. Tudo vale a pena, mas dói. Trent não voltou desde que chegamos a Vegas e não pedi para vê-lo ou falar com ele. Escrevi uma carta pedindo que, por favor, lembre a Selene que já fui uma boa pessoa e que, embora estejamos separadas, eu a amo. Entreguei a carta a Stephanie, que jurou que esperará até depois da minha sentença para garantir que ele a receba. Eu odeio isso. Odeio a espera.

— Você está uma merda, Reyes — Jay fala lentamente do lado de fora da minha cela, e levanto a cabeça para olhar para ele.

— Você não tem uma namorada ou alguém que possa incomodar? — Levanto uma sobrancelha.

Jay sorri quando menciono Blaise.

— Ela finalmente escolheu uma faculdade. Fiz minha solicitação para mudar de locação.

— Uau! — Sorrio. — Esse é um grande passo. Estou impressionada.

— Bem, você não ficará quando descobrir quem estão querendo escolher como o meu substituto — Jay me diz, seu sorriso desaparecendo.

— Ele é uma boa pessoa e um policial forte. Vai ficar bem eventualmente. — Levanto os ombros, enquanto a dor se acumula atrás dos meus olhos.

— Existem boas creches e escolas na área. Selene vai se dar bem aqui também.

Aceno, enxugando os olhos com as costas da mão.

— Espero que sim. Tudo que eu sempre quis é que ela estivesse segura e amada.

— Ela já é. E vamos ter certeza de que estará segura. — Jay pigarreia. — Precisamos conversar sobre sua morte.

Sento-me mais ereta e ouço como Scarlet Reyes se tornará oficialmente morta. Tudo acontecerá fora do tribunal logo após meu veredicto de culpada. Eu serei abatida e declarada morta no local. Depois que minha morte passar na televisão e no noticiário, serei transferida para uma instalação particular que abriga outras mulheres em situações semelhantes à minha e cumprirei meu tempo. Eu não tinha ideia de que um lugar como aquele existia até Stephanie mencioná-lo. Jay sai logo depois e fico pensando no meu destino. Minha identidade morrerá; irei viver como um fantasma até estar livre para me tornar uma nova eu. Enrolo-me como uma bola no colchão e lamento a vida que estou deixando. Não é difícil deixar o que é ruim para trás. É o sofrimento que sei que aqueles que me amam vão sentir. Eu choro por eles e pelo resto dos meus vinte anos que serão passados atrás das grades. Eu choro até que não haja mais lágrimas em mim, e o sono finalmente me leve.

— Alguma pergunta? — Stephanie procura saber e eu balanço a cabeça negativamente.

Já assinei o acordo e agora cabe ao juiz decidir meu destino. Corro a mão sobre minha calça preta favorita antes de tirar o cabelo do rosto. Todos estão calados e seus rostos estão passivos. Realmente parece um funeral aqui.

— Vamos indo — Jay instrui e eu os sigo para fora da minha cela e para o saguão. Nós descemos de elevador para a garagem subterrânea quando ouço Jay xingar baixinho.

— Scar! — Minha cabeça gira naquela direção, apenas para ver Trent correndo em nossa direção.

Sua camiseta está do avesso e ele está usando tênis de corrida. Seu cabelo está despenteado, suas mãos correndo por ele, e nunca pensei que ele parecesse mais bonito do que agora. Meu coração bate mais rápido no peito, perguntando-me o que significa para nós se ele está aqui agora.

— O que você está fazendo? — Jay pergunta, virando-se para ele, sua voz autoritária saindo.

— Que porra você está fazendo? Você me disse para tirar algumas semanas para juntar minhas coisas e entender como vão as coisas com Selene. Eu nem terminei minha parte do relatório e você já está indo em frente com o tribunal? — Sua voz está zangada e ele se levanta na cara de Jay.

Recuo com o impacto de suas palavras. Outra parte do meu coração murcha e morre, percebendo que ele não está aqui porque está chateado com a minha entrada, mas porque não teve uma palavra a dizer sobre as condições.

— Este é o motivo. — Jay o empurra de volta. — Você é muito cabeça quente e está emocionalmente envolvido neste caso. Trouxe alguém que pode ser preciso. E você terminou seu maldito relatório, mas tem sido covarde demais para entregá-lo.

— Foda-se, Jay! — Trent aponta o dedo em sua direção. — Cai fora. Eu deveria ter dado a minha palavra. Você sabe tão bem quanto eu, podemos evitar tudo isso.

— Evitar isso? — Jay ri. — Depois da maneira como você agiu sobre a situação, não posso escovar tudo para debaixo do tapete. Cada promotor público no condado está salivando por este caso e por este acordo depois do show que você criou para torná-lo dessa forma.

As mãos de Trent deslizam para trás de sua cabeça e um olhar derrotado cruza seu rosto. Minha mente gira com todas as informações e acusações.

— Vocês podem nos dar um minuto? — pergunto, virando-me para Jay e Stephanie. Ambos me olham com cautela. — Por favor? — eu adiciono e eles finalmente recuam.

Quando estão a uma distância segura, volto-me para Trent, cujo olhar está viajando sobre cada parte de mim. O olhar em seus olhos é agonizante, mais uma vez aumentando a confusão. Limpo a garganta e seu olhar salta para o meu.

— Foi melhor assim. Nós dois estávamos muito presos nos sentimentos e mágoa. Stephanie tem sido ótima.

— Você chama de seis a dez ótimo? — Trent zomba.

— É o que eu mereço, Trent — eu o lembro. — Eu fiz coisas realmente horríveis.

— Você foi forçada sob coação e sua vida foi ameaçada — ele argumenta.

— Eu ainda cometi crimes. — Minha voz não treme e estou orgulhosa de mim mesma. — Eu fiz isso. E agora acabou. Vou levar de seis a dez por estar morta. Posso dormir à noite sabendo que finalmente fiz algo certo ao acabar com tudo.

— Eu não... eu não queria que fosse assim. — Sua voz se desintegra um pouco e sua cabeça se abaixa. — Sinto muito. Isso é tudo minha culpa. Eu insisti com tanta força. Estava cego, louco e frustrado. Eu não sabia como lidar com meus sentimentos ou com a verdade. Não conseguia superar o que aconteceu naquela época.

— Está tudo bem — digo a ele. — Eu não te culpo. Sei que te machuquei e sinto muito. Meus motivos não significam muito para você e posso entender. Por favor, ame minha filha.

Trent me puxa para seus braços, no momento em que começo a chorar. Soluços feios e terríveis saem da minha garganta, e os braços dele apenas me seguram com mais força, mais perto.

— Nossa filha, Scar — diz ele em meu cabelo, trazendo meu corpo o mais perto possível. — Me desculpe. Eu sinto muito.

— Eu também — sussurro para ele, meus braços enrolando em torno de sua cintura.

— Eu amo você. Eu nunca deixei de amar. — Sua voz racha e pedaços do meu coração também.

— Eu também te amo.

Nós dois somos uma bagunça. Trent não me solta até que Jay volte e informe que temos que ir. Eu me afasto primeiro, meus olhos baixos, então não tenho que olhar para ele. Só dou um passo para fora de seus braços antes de ele me puxar de volta, suas mãos segurarem meu rosto e sua boca tocar a minha. Não há nada de gentil neste beijo. É rápido e feroz, cheio de saudade, desculpas e amor. Meu corpo balança com a falta de oxigênio, e é preciso outro aviso de Jay antes que Trent finalmente me solte.

Minhas bochechas estão vermelhas e meus lábios estão inchados no momento em que sou algemada e colocada na parte de trás do carro. Stephanie e Jay nos levam para fora da garagem. Trent fica estoico, observando o tempo todo até que eu não possa mais vê-lo.

Aprendo rapidamente que tribunal não é o que parece na televisão. Eu estou em pé, sentada, me pedem para dizer algumas coisas, então o juiz decide meu destino. Tenho seis anos com a possibilidade de liberdade condicional em três. Eu vou aceitar. Jay me veste com um colete antes de partirmos, o ato final deste drama tão aguardado. Minha mente vibra enquanto meu corpo não consegue relaxar, sabendo que estou esperando para levar um tiro. Felizmente, apenas o atirador de elite de Jay vai me usar para praticar tiro ao alvo hoje. Caminhamos para fora e, com certeza, há uma multidão de repórteres e jornalistas alinhados no quarteirão. Mantenho os olhos abertos para qualquer rosto que eu possa reconhecer e tento o meu melhor para parecer a criminosa presunçosa que eu deveria ser.

O disparo do tiro me faz saltar. Mesmo sendo esperado, sinto uma sensação de ferroada, mil vezes pior do que ser atingida por uma bolinha de paintball. Eu desabo, exatamente como Jay me disse para fazer, o que na verdade funciona porque a bala de borracha me deixa sem fôlego. Sangue vermelho e sintético corre pelo meu peito e eu fecho os olhos, deixando meu corpo ficar mole. É um pandemônio na calçada. As pessoas estão correndo, se abrigando e sirenes são ouvidas ao fundo. No cimento, de olhos fechados, relaxo ao sol e imagino meu bebê. Se é assim que eu morro, com certeza é o melhor caminho a percorrer. Digo adeus à minha antiga vida mais uma vez.

CAPÍTULO 21

FELIZES PARA SEMPRE...

TRENT

Quer falar sobre mudança de vida? Experimente testemunhar o amor da sua vida morrer na sua frente. Eu queria matar Jay quando ele não me contou o plano. Depois de se desculpar com Scarlet, apenas duas horas antes de sua audiência, e nem mesmo tendo a oportunidade de dizer tudo que eu deveria, ela é baleada do lado de fora do tribunal e supostamente morre na minha frente. Em retrospecto, Jay fez a melhor escolha, ao me manter longe; por outro lado, eu teria preferido estar por dentro. Perdi a cabeça naquele dia. De repente, o passado não importava mais e a única coisa que eu podia sentir era a dor agonizante de perder Scarlet. Embaixo do seu álter ego estava a garota que eu amava. No final, foi preciso pensar que a perdi para perceber por que ela tentou tanto salvar a todos, e é simples. Ela me amou. Ela amava sua prima. Ela ama nossa filha. Ela preferia morrer a que sentíssemos dor.

Tomei a decisão de ser homem. Levei Selene para ver Scarlet antes que ela fosse transportada para a instalação onde cumpriria sua pena. Então levei Selene para casa e mostrei a ela onde eu morava. Pintamos o quarto dela e escolhemos todos os móveis e decorações. Matriculei-a na escola e usamos o FaceTime para ligar para tia Evie todas as noites até que ela se sentisse confortável para não ligar. Evita decidiu ficar em Tulum, embora tenha feito algumas viagens frequentes de volta à Flórida depois de um encontro casual com Elias quando ela estava me ajudando na mudança de Selene. Jay mudou-se para o Leste para ficar com Blaise e me ofereceram seu cargo. No final, recusei, porque não queria perder mais tempo com minha filha. Ser pai solteiro já era difícil o suficiente, ainda assim construir um relacionamento com Selene era um trabalho extra e eu estava disposto a me dedicar. Scarlet não estava mentindo quando me disse que contou a Selene tudo sobre mim. A menina tinha até uma foto minha que mantinha ao lado da cama.

Em nossos fins de semana, Selene passa os sábados com meus pais ou Evita enquanto eu mantenho as aparências no Scar. Meus pais ficaram emocionados por ter uma neta. Imediatamente, minha mãe viu Scarlet como mártir e me condenou por ser um idiota. As duas nunca se conheceram, mas ela adora uma boa história de amor. Todos os domingos, levo Selene para visitar a Scar. Ficamos três horas com ela todas as semanas. Mesmo que Selene não possa ir, eu ainda faço a viagem de ida e volta de quatro horas para vê-la. Eu sinto falta dela. Sinto-me perdido e sem esperança pensando no tempo que estamos perdendo. Peço tantas desculpas que eventualmente Scarlet ameaçou me banir de sua lista de visitas, a menos que eu parasse. Meus pais até fizeram uma viagem para conhecer Scarlet enquanto ela estava presa, e eles se apaixonaram também.

Por um ano e meio, fazemos a vida funcionar dessa maneira. Então o milagre de todos os milagres acontece: bom comportamento. É assim que Scar chama; eu chamo isso de um favor de lugares mais elevados. E nunca vou dizer como. Ficar do lado de fora do portão esperando que ela saia é uma agonia. Minhas entranhas estão gritando com a necessidade de vê-la e abraçá-la. Fiz a viagem sozinho, enquanto todo mundo está esperando em minha casa para uma festa surpresa. Quando finalmente a vejo, meu coração para, assim como aconteceu naquela noite na praia.

Seu cabelo está curto, apenas roçando sua clavícula. Ela também está mais magra, mas seu sorriso, aquele sorriso é tudo. Scarlet me vê e corre o resto do caminho através do portão e para nos meus braços. Eu a pego facilmente, suas pernas circulando minha cintura e seus braços em volta do meu pescoço. Seguro-a perto de mim facilmente, com medo de esmagá-la.

— Senti sua falta — digo a ela, uma suavidade que reservo apenas para ela, envolvendo minha voz.

— Você acabou de me ver seis dias atrás — ela brinca, afastando-se para olhar para mim. Ela desliza pelo meu corpo até seus pés tocarem o chão.

— Seis dias é tempo demais — respondo, minhas mãos agarrando seu rosto e puxando-a para mim.

Não consigo tocá-la durante as visitas. Abraços dificilmente são apropriados e, na maioria das vezes, só são permitidos entre pais e filhos. Eu não a beijei desde aquele dia na garagem. Meus olhos caem para seus lábios, amando o quão macios e rosados eles são.

— Trent — ela sussurra meu nome e eu estalo.

Meus lábios tocam os dela hesitantemente no início, pedindo permissão para mais. Toda a necessidade que estive segurando surge em mim enquanto tomo e tiro dela. Scarlet choraminga em minha boca, trazendo seu corpo para mais perto do meu. Não me canso dela. Quando me afasto, estou respirando com dificuldade e seu rosto está vermelho. É então que ouço os assobios e palmas das pessoas atrás de nós. Rindo, eu a pego e a carrego para onde minha moto está estacionada.

Assim que ela coloca o capacete de segurança, eu nos levo para casa. As duas horas de retorno parecem voar. Scarlet está confortável na parte de trás da minha moto, rindo e apertando os braços com mais força em volta de mim. Quando chegamos à minha casa, alguns carros estão estacionados na estrada. Mantenho Scarlet distraída e consigo levá-la até a porta sem parecer muito estranho. Os nervos rodopiam em meu intestino e meu coração se aperta. Pegando sua mão, eu a levo para dentro.

— Surpresa! — todos gritam ao mesmo tempo em que Selene exclama:

— Mamãe!

Eu rio, e Scarlet pula para trás, quase colidindo comigo. Eu a estabilizo, bem a tempo de ver seu sorriso e lágrimas. Ela se curva para pegar Selene, que se joga nos seus braços.

— Mamãe! Estou tão feliz por você estar aqui. Agora posso mostrar meu quarto, o quarto do papai e minha tartaruga! — Selene continua tagarelando e Scarlet escutando. Eu adoro vê-las interagir. Adoro ver minhas meninas juntas, finalmente capazes de ser uma família novamente.

Scarlet caminha mais para dentro da sala, Selene ainda presa ao pescoço. Minha mãe corre para abraçá-la, seguida por Evita. Caminha ao redor da sala, para meu pai e meu irmão, para Jay e Blaise e, finalmente, para Elias, que estendeu a mão quando viu a notícia. Ficamos juntos e temos saído juntos desde então, como nos velhos tempos.

— Obrigada a todos — Scarlet diz e outra rodada de lágrimas começa. Ela coloca Selene no chão novamente.

— Tem comida também, mamãe — Selene diz a ela e todos nós rimos.

— E eu ajudei o papai a fazer o cartaz.

— Você fez, hein? Onde? — Scarlet se vira para ver melhor e a sala fica em silêncio.

Meu coração martela no meu peito enquanto ela está de costas para mim. Eu me ajoelho e espero.

VOCÊ QUER SE CASAR COMIGO?

Está pendurado acima da mesa de comida.
Scarlet se vira para me encarar, com a boca aberta.
— Surpresa. — Eu rio levemente e pego sua mão. — Scar, não consigo nem começar a dizer o que você significa para mim. Percorremos um longo caminho para chegar até aqui, mas nunca vou me arrepender de ter passado por ele com você. Mesmo quando estava com raiva, eu te amava. Eu te amei desde a primeira vez que te vi. Você é corajosa, gentil, ama ferozmente e me incentivou a ser uma versão melhor de mim mesmo. Eu amo você. Nunca mais quero ficar longe de você. Quer se casar comigo?
Scarlet se inclina e envolve os braços em volta do meu pescoço.
— Sim — ela diz em meu ombro, quando a levanto do chão. Todos aplaudem incessantemente, mas estamos em nosso próprio momento. — Eu também te amo — ela me diz, e eu sorrio.
Eventualmente, nós comemos e nos misturamos. Meus pais são os últimos a sair, já que minha mãe insiste em ajudar na limpeza. Scarlet coloca Selene na cama e pede licença para ir ao banheiro depois. Estou prestes a expulsar meus pais. Meu pai entende a dica antes da minha mãe, mas, quando ela entende, eles saem correndo. Tranco as portas e corro escada acima.
O chuveiro ainda está ligado quando entro no banheiro. O espelho está embaçado e sinto o calor da água daqui. Retiro minhas roupas facilmente e abro a porta do chuveiro.
— Você me assustou. — Scarlet ri e passa a mão pelo corpo. Eu sorrio com sua timidez. Embora tenha se passado mais de um ano desde que a vi nua, ou a toquei de alguma forma sexual.
Olho em seus olhos e vejo um rubor rastejar sobre sua pele. O ar tem cheiro de coco e percebo o quanto sinto falta disso todos os dias e que nunca mais quero perder o que temos. Seus olhos encontram os meus enquanto me aproximo para me juntar a ela. O anel em seu dedo chama minha atenção, e aperto sua mão, beijando-a.
— Foi uma grande surpresa. — Ela levanta uma sobrancelha.
— Não quero passar mais um dia sem você — digo a ela. O rosto de Scarlet suaviza.
— Eu te amo — responde, e é a melhor coisa que já ouvi.

Meus lábios procuram os de Scarlet, respirando-a a cada inspiração. Meu coração dispara em meu peito e tudo o mais se encaixa. Isso era para ser. Ela sempre foi feita para ser minha, assim como eu deveria ser dela. Demoramos muito para chegar até aqui, mas temos muita vida pela frente.

— Você sabe o que mais devemos acrescentar, além do casamento — pergunto, afastando-me e apreciando a maneira como seus olhos se abrem lentamente. Seu cérebro leva um momento para se lembrar do que estou dizendo. Eu sorrio.

— Hã? — responde, parecendo confusa.

Eu sorrio e me inclino para o ouvido dela.

— Acho que precisamos fazer outro bebê. Selene está solitária.

Scarlet ri, me empurrando de volta.

— Eu acho que você precisa esperar.

Ela contorna o chuveiro e sai, agarrando a toalha com força e mostra a língua. Rindo, não perco tempo em segui-la e pegá-la em nosso quarto. Não importa o quanto ela tente correr, eu vou encontrá-la. Um dia desses, ela vai confiar que sei o que é melhor para nós. Prevejo um longo futuro pela frente e tudo começa agora.

FIM.

AGRADECIMENTOS

Mais um livro concluído e eu ainda sou extremamente grata a todos que continuam lendo meu trabalho. Adorei escrever Trent e Scarlet! Estou muito feliz em compartilhar a história deles. Sinto que ela vive dentro de mim há muito tempo e ver no papel é incrível.

Mais uma vez, eu não poderia ter concluído essa história sem o apoio amoroso da minha família e amigos. Serei eternamente grata por meu marido, meus filhos e meus pais terem entrado nessa comigo e por terem me dado meus fins de semana para terminar de escrever. Amo todos vocês!

Quero agradecer Kiki, Colleen, Jill, Kristina, Megan e Emily — The Next Step PR. Obrigada por seu trabalho árduo, dedicação e orientação. Obrigada por trabalhar em meus e-mails, compartilhando todas as minhas informações e materiais de lançamento. Obrigada por seu cuidado extra nestes últimos meses, enquanto estava com meu "cérebro modo mãezona". Não posso expressar o suficiente quão feliz estou por trabalhar com esta empresa.

Jill, obrigada por intervir e me ajudar a entender minha vida! HAHA! Trabalhar com você tem sido incrível, eu agradeço todos os seus conselhos, sabedoria e tempo.

Rebecca, a mais justa de todas as resenhistas de livros, não posso agradecer o suficiente por você editar e revisar este manuscrito. Amo ver as ideias e sugestões que você tem para mim. Sempre posso dizer que você está investida em meus personagens e no enredo! Obrigada por tudo o que você faz!

Hang Le (Hang Le Designs), obrigada por trabalhar comigo nesta capa. É perfeita para Trent e Scarlet!

Meus leitores, obrigado por suas compra e apoio. É por sua causa que posso continuar a escrever e a viver meu sonho. Amo todos vocês! Espero que gostem de Scarlet e Trent tanto quanto eu.

Beijos,

ASHTON.

A The Gift Box é uma editora brasileira, com publicações de autores nacionais e estrangeiros, que surgiu no mercado em janeiro de 2018. Nossos livros estão sempre entre os mais vendidos da Amazon e já receberam diversos destaques em blogs literários e na própria Amazon.

Somos uma empresa jovem, cheia de energia e paixão pela literatura de romance e queremos incentivar cada vez mais a leitura e o crescimento de nossos autores e parceiros.

Acompanhe a The Gift Box nas redes sociais para ficar por dentro de todas as novidades.

 www.thegiftboxbr.com

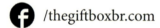 /thegiftboxbr.com

 @thegiftboxbr

 @GiftBoxEditora

Impressão e acabamento
psi7 | book7